더불어 삶! 그 싹이 트다

더불어 삶!
그 싹이 트다

초판 1쇄 인쇄_ 2020년 11월 20일 | **초판 1쇄 발행**_ 2020년 11월 25일
지은이_김영숙 | **펴낸이**_오광수 외 1인 | **펴낸곳**_새론북스
디자인·편집_윤영화
주소_서울시 용산구 한강대로 76길 11-12 5층 501호
전화_02)3275-1339 | 팩스_02)3275-1340 | 출판등록_제2016-000037호
E-mail_ jinsungok@empal.com
ISBN_978-89-93536-63-8 03810

더불어 삶!
그 싹이 트다

김영숙 지음 ─

새론북스

머리말

가족의 이름으로
내가 몰랐던 우리 엄마

'1만 시간의 법칙'이라는 이야기를 들어본 적이 있나요? 작가 말콤 글래드웰이 펴낸 저서 '아웃라이어'에서 소개한 법칙으로 10년, 즉 1만 시간 동안 한 분야를 꾸준히 연습하면 최고에 다다를 수 있다고 합니다.

10년은 긴 시간입니다. 순수 봉사시간만으로 채워진 7,200시간이 라면 더더욱 그렇죠. 7,000시간 넘게 했다는 것은 어느 분야에 대해서 어떠한 신념을 가지기에 충분한 시간입니다. 엄마 김영숙 님께서 무엇을 위해 봉사를 하고, 어떤 것을 바꾸고 싶은지, 그리고 앞으로의 계획은 무엇인가? 주변에서 줄곧 들어왔던 물음에 대한 답을 이 한 권의 책으로 옮겨놓았습니다.

　항상 활기차고 늘 바빠 보이는 엄마는 어린 제 눈에도 굉장히 다른 분이셨습니다. 어느 정도 크고 나서부터는 여러 곳에서 봉사를 하시느라 낮에는 엄마를 보기 힘들 정도였죠. 사춘기 때는 내 곁을 자주 비우는 것이 다른 사람들에게 엄마를 빼앗긴 기분이라 조금 원망하기도 했습니다. 또 때로는 주변에서 감사 인사를 보내오거나, 당당하게 학교의 운영위원장 자리를 맡아 저를 도와주실 때는 엄마가 꼭 필요한 사람이 되신 것 같아 괜히 으쓱해지는 일도 있었어요.

　저는 이 책이 편집에 들어가기 전 원고를 세 딸 중에서도 가장 먼저 본 딸이었습니다. 신문으로도 보고 다른 어른들한테 들은 이야기도 있었으니 엄마의 모든 것을 다 알고 있다고 생각했는데 의외였습니다. 제가 아는 이야기는 엄마에 대해 알고 있는 아주 일부분에 지나지 않다는 것을 알게 되었어요. '과장 아냐?'라고 묻고 싶은 이야기도 모두 엄마가 실제로 겪은 일들이었다는 사실을 알게 됐습니다.

그렇습니다. 이 책은 '엄마' 김영숙의 이야기가 아닌, '인간' 김영숙의 이야기입니다. 저는 초고를 보고 나서야 그 사실을 알았습니다. 봉사를 통해서, 그리고 주변 사람들과의 교류를 통해서 천천히 세워진 가치관은 한 인간을 관통하는 핵심이 됩니다. 어린 시절부터 시작해서 한 사람의 반 백년 동안의 이야기는 그만한 무게가 있습니다.

엄마의 이야기가 책으로 나오고 많은 사람들이 읽게 된다고 생각하니 저도 가슴이 두근거리고 어깨가 으쓱하네요. 독자 여러분들께서도 '인간 김영숙' 이야기를 사랑스럽게 지켜봐주셨으면 합니다.

2020 10.

엄마 김영숙 님의 둘째딸 정민정

더불어 사는 세상
우리에게 무엇이 필요한지
함께 고민해 보는 시간

참 막연한 생각이었다. 서점에서 많은 책들을 만날 때마다 나도 사는 동안 한 권의 책은 내야겠다는 마음을 다졌었다. 어떤 책을 쓰겠다는 구체적인 목적이나 계획도 없이 그냥 그랬다.

지난 20여 년간 하루가 다르게 자라는 아이들을 돌보며 지역사회 활동에 빠져들면서 책을 써야겠다는 생각으로 고민할 여유조차 없었다. 오로지 눈앞의 현실에 충실하고자 하는 시간을 할애하며, 무언가 이루어보겠다는 목표의식을 갖고 앞만 보고 달렸다. 순간순간 나를 필요로 하는 현장에 나를 던지는 삶을 살아온 것 같다. 그러다 보니 가족들 친척들 지인들에게는 '늘 바쁜 사람'이라는 꼬리표를 달고 살아야 했다.

멈추면 비로소 깨닫게 되는 것이 있다고 한다. 잠시 멈춰서 걸어온 길을 뒤돌아보는 것은 후회나 정리의 의미도 있겠지만 나에게는 앞으로 남은 삶을 더 충실하고 멋지게 살기 위해 '나는 지금 어디에 서 있는가?'를 확인하고 내일의 길을 여는 '다시 또'의 의미가 더 크다. 백세인생의 절반을 넘기고 후반전으로 들어선 지금이 바로 그런 시간이다.

지난 1년 동안 나는 시민의 한 사람으로서 지역사회 활동가로서 그리고 사회의 어른으로서 내가 나를 객관적인 시각으로 바라보고자 했다. 그럴 때마다 내 마음과 생각을 글로 정리할 수 있는 기회를 갖곤 했다.

책 한 권을 낸다는 것이 단지 소망으로만 이루어지는 것은 결코 아니라는 것을 이제야 느낀다. 비문학인으로서 문학의 한 갈래인 수필집을 펴낸다는 것은 나름 위험한 도전이기도 했지만 의미있는 일이라는 결론을 얻었다. 내가 걸어온 삶 속의 기억될 만한 소중한 이야기들을 정리한 것이지만 무엇보다 나는 지역사회에 참여할 더 많은 시민활동가들이 등장하길 바라는 마음이 간절하다. 우리가 모두 함께 더불어 사는 세상을 만들기 위해서는 무엇이 필요한지를 함께 고민할 수 있는 시간이 되길 소망한다. 이 한 권의 책을 읽는 동안에.

2020년 10월의 어느 저녁
직업진로체험공동체 대표 김영숙

Contents

With 기억들
더불어 삶! 그 싹이 트다

With 사람들
쌍둥이 엄마 고향은 어디야?

With 아이들
아이들이 좋았네! 희망을 심었네!

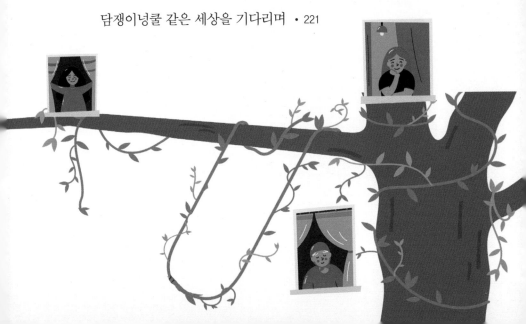

더불어 삶!
그 싹이 트다

어머니는 남의 집 갈 때 빈손으로 가지 말라고 했고
아버지는 누굴 만나든 먼저 인사하라고 했다.
소녀에게는 '나는 뭐든지 할 수 있다'는 자신감이 늘 따라다녔다.

열정은 희망의
불씨가 된다

아주 오래 전의 일이다. 기억이 가물가물하지만 그래도 이름 세 글자는 잊혀지질 않는다.

최경엽 선생님! 내 나이 열세 살, 초등학교 6학년 때 우리 반 담임선생님이셨다.

새 학년이 시작되던 그해 봄이었다. 한 학년이 두 반씩밖에 없는 작은 시골학교의 분위기가 갑자기 달라져 가고 있었다. 열 명 조금 넘은 선생님들 대다수가 몇 년씩 우리 학교에만 근속하는 중장년층이었다. 그런 우리 학교에 새로 부임한 선생님은 20대 청년이었다. 섬마을은 아니었지만 우리 동네는 물론이고 인근 시골마을 곳곳으로 '총각선생님이 부임했다'는 소문이 순식간에 퍼져나갔다. 교대 졸업 후 첫 부임한 곳이 우리 학교였던 것이다.

가장 먼저 신바람이 불기 시작한 곳은 우리 반이었다. 6학년 1반 아이들은 젊은 선생님이 담임교사가 됐다는 것 자체만으로도 좋아했다. 시선은 늘 선생님을 향했다. 뭔가 다른 느낌이 샘솟았다. 선생님 또한 눈에서 빛이 났다. 생동감이 넘쳤다. '교사'가 되겠다는 야망을 품고 수년간 공부를 마친 선생님으로서는 드디어 자신의 나래를 펼치게 된 시간이 아닌가. 선생님은 말부터 미소까지 변화의 아이콘 그 자체였다. 아이들은 선생님 말 한마디면 무엇이든 하나같이 적극 동참하는 분위기였다. 뭔가 모를 희망이 부풀어 오르는 듯한 그런 느낌 속에 우리 반에서 시작된 변화의 신선한 바람은 다른 반, 다른 학년으로도 퍼져나갔다.

나는 전교 부회장이었고 반 임원이었다. 그때까지만 해도 나는 적극적이긴 했지만 내 가슴 속에 있는 말을 밖으로 소리 내는 것에는 주춤거리던 소녀였다. 학교일이나 학급일 관계로 선생님과 대화를 하는 시간이 많아졌다. 게다가 고학년이 되면서 한두 번 교내웅변대회에 형식적으로 참가했던 나를 선생님은 학교 대표로 내세우면서 웅변기법을 가르쳐주었다. 그때부터 나는 달라지기 시작했다. 학교 밖 웅변대회에 나가서 수상을 한 후로는 자신감이 더욱 넘쳐났고 내가 가진 생각을 자신있게 표출하는 성격으로 변했다. 지금 지역사회에서 다양한 활동을 하면서 나름 리더십을 발휘하게 된 활동력의 불씨는 아마도 그 시기부터 피어나기 시작한 게 아니었나 싶다.

뒤돌아보니 젊은 선생님의 가장 큰 무기는 열정이었다. 다양한 시도를 과감하게 했고 우리들은 선생님의 뜻에 적극 따르며 스스로의 변화를 만들어 나간 시간이었다. 조직을 이끄는 리더의 열정은 조직 구성원들은 물론이고 주변의 많은 사람들에게 희망의 불씨가 된다.

1980년대 90년대 스타PD 원조로 불렸던 60대 중반의 한 교수는 매체와의 인터뷰에서 스무 살은 더 젊게 보이는 동안의 비결을 '동심'과 '긍정'이라고 말했다. 나는 그 말에 100% 공감한다. 어린아이들과 같은 순수한 마음의 세계가 없다면 긍정보다는 부정이 앞선다. 동심이 살아있으면 긍정의 에너지가 커지기 때문에 무엇이든 새롭게 보이고 새로운 도전과 희망을 품게 된다.

내가 활동하는 무대는 광명이라는 지역사회지만 내가 자주 만나는 사람들은 어른들 못지않게 10대의 청소년들이 많다. 그들과 함께 웃고 대화하고 또 함께 고민도 한다. 나는 그들에게 내일의 희망을 품게 해주어야 하는 지역사회의 어른인 동시에 직업진로체험공동체 대표이고 사성작은도서관의 관장이다. 초등학교 6학년 시절 담임선생님처럼 나는 내가 만나는 청소년들에게 희망의 아이콘이 되어 주고 싶다. 그 시작은 열정이고 그 속에는 동심이 자리해 있어야 한다는 것을 다시 한번 깨닫는 시간이다.

참 많은 시간이 흘렀다. 44년이 지났다. 선생님의 모습이 아련하게 떠오른다. 성인이 된 후 한번이라도 찾아뵙고 인사를 드린다는 게 지금까지도 실행으로 옮기지 못하고 여전히 마음만 준비 중이다. 이 글을 통해서라도 선생님께 진심으로 감사의 마음을 전해드리고 싶다. 그때 선생님의 열정은 나에게 희망의 싹을 틔우게 하는 불씨가 되었고 그로 인해 적극적이고 열정적인 삶을 살아왔으니까. 그 열정은 나 혼자서 그치지 않고 지금 지역사회에서 청소년들에게 불씨를 퍼트리는 활동으로 이어졌으니 이 얼마나 감사하고 희망적인 일이 아니겠는가.

"최경엽 선생님! 감사합니다!"

열한 식구 대가족!
열린 문화가 싹트다

"김영숙씨! 어떤 분인가요?"

나의 지인이나 가족들이 타인으로부터 이런 질문을 받는다면 무슨 대답을 할지 나는 알고 있다.

"너무 솔직하죠? 사람 만나는 거 좋아하고 발 넓은 지역활동가죠."

나는 속에 담고 있는 것을 숨기지 못한다. 있는 그대로 말하는 성격이다. 세상살이가 쉬우려면 상황에 따라서는 적당히 둘러대는 융통성도 필요하건만 타고 난 성격이 그러질 못하다. 가장 못하는 것도 거짓말이고 가장 싫어하는 것도 거짓말이다. 그리고 나는 보통사람들 그 이상으로 사람들을 만나고 인간관계를 유지하길 좋아한다. 그때문인지 학창시절도 직장생활을 할 때도 내 곁에는 늘 사람들이 가득했다. 무엇보다도 사람들에 대한 낯가림이 없고 누굴 만나든 속 활짝 터놓고 부담없이 접근한다. 아이들부터 어르신들까지 남녀노소를 불문하고 많은 이들을 만나고 그들과 관계를 유지해 오고 있는 비결이다. 인간관계의 폭이 넓고 매사에 적극적이라는 평을 듣는 것도 다양한 지역모임과 활동에 참여하는 것도 이런 나의 기질 때문일 것이다.

타고난 성격과 재주가 있다고는 하지만 사람의 성격과 마인드는 오랜 시간을 거치면서 바뀌고 다듬어지면서 새롭게 만들어지기도 하는 것이라고 생각한다. 그건 아마도 나 자신이 그러했기 때문인지도 모른다. 무엇보다도 대가족 속에서 성장하면서 '나'보다는 '우리', '혼자'보다는 '함께'라는 문화에 익숙해진 것이 그 밑바탕에 깔려 있다는 나름대로의 자아분석이다.

아버지는 둘째 아들이었지만 고향땅에서 부모님을 모시고 살았다. 조부모님, 부모님, 그리고 우리 7남매 모두 합쳐 식구가 11명이었다. 60년대, 70년대 농촌에서는 비단 우리 집만이 아니라 다른 집들도 대가족인 경우가 흔했지만 조부모님이 계셨기에 우리 집은 우리 가족 외에도 친척들의 방문으로 늘 잔칫집처럼 사람들로 북적였다.

방학이 되면 고종사촌 3남매가 늘 놀러왔고, 이종사촌들도 종종 찾아왔다. 아이들만 해도 열 명이 넘었으니 혼자서 심심해 할 여유가 없었다. 가족들이 너무 많아서 '나만의 공간', '나만의 것'을 아쉬워 할 수도 있었겠지만 내 기억 속에는 불편하거나 짜증이 나는 일은 없었던 것 같다. 시끌벅적하면서도 서로 다투는 일도 없이 우리 형제들은 그저 즐겁기만 했다.

지금도 고향집을 떠올리면 영상처럼 머릿속을 스쳐지나가는 장면들이 있다. 마당에 모깃불을 피워놓고 평상에 누워 밤하늘에 떠있는 수많을 별들을 보며 형제자매와 놀던 기억이다. 나방이 모여드는 노란전구 아래서 도란도란 그날에 있었던 이야기를 나누며 수박을 먹다 보면, 모기가 팔 다리에 내려앉은 것도 못 느낄 정도로 시간이 빨리 갔다.

옛 고향집 속에는 또 한 사람의 얼굴, 어머니가 계신다. 그 시절 가족이 많았던 만큼 사실 가장 힘든 사람은 어머니였을 것이다. 평소에 열한 식구, 방학이면 열너댓 식구의 삼시 세끼를 책임지는 것은 어머니였으니까. 지금과 달리 가전제품이 없던 시절이었으니 어머니의 일과는 그 많은 가족들 밥 챙기고 빨래하고 집안 청소하는 것만으로도 하루가 어떻게 지나갔을지 모를 일이다. 철부지 소녀시절이었으니 그런 어머니의 속사정을 알 리가 없었다. 하지만 세월이 한참 지난 후에도 어머니는 단 한 번도 시집살이가 고됐다거나 식구가 많아서 힘들었다는 말씀은 없으셨다. 지금까지도 잊혀지지 않고 생생하게 기억나는 것 하나가 있다.

해마다 음력 이월 초하루가 되면 엄마는 콩을 볶았는데 이날은 '콩 볶아 먹는 날' 또는 '좀 볶는 날'이라고 불렀다. 콩이 톡톡 튀는 소리가 곡식 여무는 소리와 비슷하여 재액이나 질병을 예방하고 농작물의 풍작을 기원하기 위한 것이라고 알려주셨다. 우리 선조들의 지혜가 남달랐으니 항간에는 겨우내 부족한 단백질을 콩으로 보충하려는 의도도 담고 있었다는 말도 전해진다.

철부지 그 시절에는 왜 콩을 볶아 먹는지 궁금하지도 않았다. 우리 형제들은 엄마가 콩을 볶아 주면 그저 군것질 삼아 먹는 그 자체만으로 행복할 따름이었다. 고소하게 씹히는 맛과 먹으면 먹을수록 더 입에 당기는 묘한 맛이 있었다. 그날 어머니가 특별했던 것은 콩을 볶으면 식구 수대로 여러 개의 작은 병에 각각 담았다는 것이다. 그리고 그 병에는 각각 이름이 적혀 있었다. 조부모님은 물론이고 우리 아이들도 각각 자기 이름이 적힌 콩이 든 병 하나씩을 받았다. 미리 병을 준비하여 씻어서 말리고 이름까지 적어 놓았던 어머니의 콩병은 지금 생각하면 참으로 지혜로운 일이 아니었나 싶다.

우리 집 아이들만도 일곱 명이다. 특별히 식탐을 하는 형제는 없었지만 그래도 그릇 하나에 콩을 담아놓고 함께 먹으라고 하면 분명 똑같은 분량의 콩이 분배되기는 힘들었을 것이다. 동시에 7남매가 한자리에 있지 않는 한 누군가는 콩을 먹지 못하는 일도 생겼을 것이다. 하지만 어머니의 남다른 섬세함과 준비가 있었기에 우리는 누구 하나 서운함이나 토라짐 없이 화기애애하고 건강하게 성장했다. 이렇게 나의 성장기는 '나눔'과 '함께'라는 싹을 틔우게 한 씨앗 같은 환경적 요소들이 자리 잡고 있었던 것이다.

개구쟁이 소녀는
언제나 'I can do'였다

포근하게 내려앉았던 햇살이 서산 너머로 기울어가고 있는 산골 마을 봄날 오후. 돌로 쌓은 담장 사이 좁은 골목길에서는 아이들 재잘거리는 소리가 들려온다. 이어서 코흘리개 아이들이 하나둘씩 나타난다. 검정 고무신을 신은 까까머리 소년들, 바가지 머리를 하거나 양 갈래로 머리를 땋은 소녀들. 영화나 TV드라마를 보면 종종 볼 수 있는 장면들이다. 누구나 한번쯤은 봤음직한 70년대 시골 마을의 정겨운 풍경. 한 폭의 수채화를 보는 그런 느낌이다.

"나 어릴 적 생각나네. 그땐 정말 저랬었지. 다들 뭐하고 사나 몰라."

내가 태어나서 중학교를 마치고 서울로 올라오기 전까지 살았던 전북 군산시 옥구군 외곽의 산골 마을이었던 우리 동네가 꼭 그랬다. 10여 가구가 옹기종기 자리한 작은 마을은 평화롭고 사계절의 변화를 아름답게 체감하며 누릴 수 있던 그런 곳이었다. 그 시절 우리 동네는 집집마다 누에를 키워서 온 동네가 뽕나무 밭이었다. 뽕나무 열매인 오디는 동네를 쏘다니느라 허기진 우리 개구쟁이들의 훌륭한 간식이 되어 주었다.

초등학교는 비포장도로를 50여 분쯤 걸어가야 만날 수 있었다. 아이들은 약속이라도 한 듯 아침 7시 즈음이면 동네 어귀 신작로에 모여들었고 줄을 맞춘 듯 2열 종대로 걸어서 학교를 오갔다. 봄이면 아카시아 꽃을 따 먹고 여름에는 개울가에서 돌멩이를 주워 공기놀이를 하다가, 지치면 손가락만한 작은 고기들을 잡으며 놀았다. 가을에는 남의 집 담장 위로 솟아오른 대추나무를 흔들어 빨갛게(붉게) 익어가는 달콤한 대추 한두 개씩 주워 먹고 길가의 밭에 놓인 고구마 자루에서 고구마를 한두 개 몰래 꺼내 먹으며 동심을 키우던 시절을 보냈다.

7남매 넷째 딸인 나는 매사에 적극적이고 자신의 소신을 굽히지 않는 큰 언니와 많이 닮아 있었다. 하고 싶은 것은 해야만 직성이 풀리는 아이였고 뭐든지 마음먹은 일에서 자신감이 넘치는 개구쟁이였다.

지금은 익산까지 버스로 한 시간도 안 걸리는 거리지만 70년대 당시에는 어른들도 익산에 나가는 것은 큰 맘 먹고 하루 시간을 내어 다녀와야 했다. 그렇게 오지마을 같은 산골에서 나고 자랐지만 나는 주변의 관습적인 역할을 거부하고 '나는 나'라는 존재감을 꿋꿋하게 유지하며 성장했던 좀 별난 아이였다.

마을에서는 남자 아이들과 노는 시간이 많았다. 자치기, 비석치기, 구슬 따먹기 같은 놀이가 즐거웠다. 늘 자신감에 차 있는데다 운동신경도 보통 여자아이들 그 이상이었기에 남자 아이들과의 놀이에서도 져서 울거나 속상해 해 본 적이 없었던 것 같다.

초등학교 4학년쯤 되던 해였을까. 아이들과 구슬치기를 하여 모은 구슬이 뒤뜰 한 귀퉁이에 둔 깡통에 가득 차 있었다. 이걸 본 엄마는 "남의 것 따다가 모아두면 기분이 좋니? 차라리 돌려줘라."라하며 나무란 적이 있다. 그런 와중에도 엄마나 아버지는 "계집애가 왜 사내아이들하고 놀아."라고 다그치거나 화를 낸 적은 없었다. 지금 돌이켜 생각해 보면 그 시절 이미 우리 부모님의 차별 없는 시선이 자식들에겐 긍정적인 영향을 미친 게 아니었나 싶다.

10대 성장기 시절 내내 그저 '나는 나'라는 존재감이 강했다. 많은 사람들 앞에서 말하고 행동하는 것에 거리낌이 없던 나는, 또래 사이에서 자연스럽게 리더 역할을 하곤 했다. 그로 인해 '나는 뭐든지 할 수 있다'는 자신감이 늘 나를 따라다녔다. 초등학교 때부터 전교생 앞에서 웅변 실력을 발휘하여 좋은 성적을 거두어 학교 대표로 출전하는 기회도 있었다. 여고시절엔 점심시간에 음악을 틀어주고 멘트도 날리는 방송반 활동도 적극적으로 참여했다.

사람마다 타고난 기질이 있다. 나타나지 않은 기질은 잠재돼 있을 뿐이다. 선천적으로 가진 기질 못지않게 자신을 둘러싼 환경이 만들어주는 후천적인 기질과 성향도 그 사람의 인생에서는 큰 몫을 차지한다. 나의 경우는 후자에 가까운 듯 싶다. 딸 부잣집 넷째 딸이었지만 유년시절도 10대 학창시절도 '여자이기에', '시골 아이이기에' 기가 죽거나 눈치 보는 일이 없었다. 남자 아이들과 놀이를 했다고 해서 언행이 거칠게 길들여지지도 않았다. 부모님이 만들어준 집안의 문화 자체가 자율성과 적극성을 스스로 발휘하게 하고 '함께'라는 것에 익숙해진 결과였다.

여고시절 우연히 친구들과 삼국지를 돌려 읽은 적이 있었다. 유명한 일화가 있는 제갈공명이나 조조를 좋아하던 친구도 있었지만, 내가 가장 마음에 들었던 인물은 현덕(玄德) 유비였다. 어려서부터 생계를 위해 황족임에도 불구하고 돗자리를 짜서 팔던 유비가 나라를 세우기까지의 과정은 삶의 이정표를 찾던 여고생에게 강한 메시지를 던져 주었다. 그는 무서울 정도로 사람을 알아보는 안목을 지니고 있었고 사람을 적절하게 기용할 줄 알았다. 명장 관우와 장비를 의형제로 삼아 좌우에 두었으며, 뛰어난 지략가인 제갈량의 마음을 얻기 위해 자신이 할 수 있는 노력을 아끼지 않았다. 그렇게 얻은 인재들을 철저하게 신임하면서 각자의 분야에서 활약할 수 있도록 그들의 의견을 전폭적으로 받아들이는가 하면, 그의 성품이 좋아 백성들에게 신뢰를 받았다 하니 그야말로 사람을 다룰 줄 아는 인물이 틀림없으리라.

삼국지연의의 유비가 주는 메시지는 어린 시절 부모님이 가르쳐 주시던 지혜와도 닮은 면이 있었다. 나에겐 유비와 같은 남다른 안목은 애시당초 없었다. 배신을 당하기도 하고 사람을 잘 못 보아 낭패를 보기도 했다. 그렇지만 내게는 사람의 마음을 얻기 위해 하는 노력과 많은 이들을 이끄는 야심가의 정신이 있다. 이것이 지역사회 활동에 나선 나의 바탕이 되었다. 돈이 아닌 실력과 재능으로 사회를 위해 할 수 있는 일을 한다고 마음을 먹은 지 어느새 20여 년이 흘렀다.

인생의 길잡이가 되어주신
아버지

나이가 들어도 늘 우리의 가슴 한 켠을 채우고 있는 큰 얼굴이 있다. 너 나 할 것 없이 우리들의 부모님이다. 때로는 더 오래 보지 못해서 또 함께 하지 못해 아쉬웠던 일들이 많아서 늘 가슴에 사무치는 얼굴이다. 가족사진을 보면 가슴이 울컥하기도 하고 나도 모르게 미소가 지어지기도 한다. 그런가 하면 힘들거나 큰 일을 겪을 때마다 고개를 끄덕이며 혼잣말로 '맞아요. 당신 말씀이 옳았습니다' 할 때도 있다.

직장을 다니면서 아이들을 키우면서 알게 된 것 중 한 가지는 바로 아버지는 내 인생의 소중한 멘토였다는 것이다. 당신은 자식들에게 '이래라' '저래라' 잔소리를 하거나 강압적으로 명령하듯이 말하는 분이 아니셨다. 당신이 보여준 삶과 자식들에게 해주신 말씀은 내가 인생을 살아가는 중요한 순간에 늘 '그래 맞아. 우리 아버지가 그러셨지'라는 울림으로 다가왔다. 미리 준비하는 자세, 누군가에게 도움이 되어주는 사람, 그리고 먼저 인사하는 사람 이 세 가지는 아버지가 내게 남겨주신 최고의 인생 지침이자 명언이었음을 나이 육십을 앞둔 지금도 수시로 느낀다.

우리는 7남매였다. 아버지는 우리에게 늘 호인이었다. 그 시절 쉽게 접할 수 있던 가부장적이면서 권위주의적인 여느 집 아버지의 모습이 당신에게서는 전혀 없었다. '귀엽다', '예쁘다', '착하다' 같은 좋은 말은 늘 입에 달고 사셨고 언제나 미소 짓는 얼굴로 대해주셨다. 누군가 잘못을 하더라도 '이놈의 자식' 소리 한번 하지 않으셨다. 두 살 세 살 터울이니 다들 초등학교를 다니던 시절에는 그야말로 학교 교실만큼이나 고만고만한 아이들로 집안은 늘 북적였다. 그러니 아무리 형제자매간 우애가 좋다고 하더라도 어쩌다 아이들끼리 다투는 일도 생기고 누구 하나 밖에서 잘못을 저지르고 올 수도 있었겠지만 아버지나 어머니의 목소리가 담장을 넘어가는 일이 없었다. 오죽하면 이웃 어른들이 "저 집은 애들도 많은데 큰소리 한번 나질 않아."라고 말씀하실 정도였다.

하루는 아버지가 우리 모두를 앉혀놓고 말씀하셨다.

"학교에서 돌아오면 다음날 필요한 준비물 중 엄마 아빠가 챙겨

쥐야 할 것이나 학용품 구입비나 학교에 가져가야 하는 돈이 있으면 엄마한테 미리 말을 하거나 메모지에 써서 여기 앉은뱅이책상에 올려놓아야 한다. 그렇지 않고 아침 학교 갈 시간이 다 되어 말하면 자칫 챙겨주지 못할 수도 있단다. 내일을 미리 준비하는 습관은 아주 소중한 것이란다. 모두들 잘 알았지?"

아마도 그 무렵 우리 형제들 누군가가 아침에 학교 가기 직전에 학용품구입비가 필요하다고 하는 일이 있지 않았나 싶다. 그 시절 나는 초등학생이었지만 지금 생각해도 당신은 정말 멋진 분이었고 신사적인 분이었다. 전날 필요한 학용품 구입비를 말씀드리거나 메모해서 책상에 올려놓으면 이튿날 아버지는 지갑에서 돈을 꺼내 주시는 게 아니라 돈을 미리 편지봉투에 담아 놓았다가 건네주시곤 했다. 어린아이들이지만 돈의 소중함과 주는 이의 마음을 봉투에 담아놓으셨다는 그 자체가 배려심과 교육적 마인드가 돋보이는 일이 아닐 수 없었다.

70년대 초등학생인 내 눈에 비친 아버지의 또 다른 특별한 모습은 동네에서 가장 똑똑하신 분이고 훌륭한 일꾼이었다. 당시만 해도 시골에 계신 어른들 중에는 학교를 다니지 못해 한글을 모르는 분들이 많으셨다. 윗동네 아랫동네 어르신들이 수시로 우리 집을 찾아와 아버지께 뭔가 부탁을 하시는 것을 자주 목격했다. 아버지는 그분들께 편지나 서류 같은 것들을 써 주시기도 하고 면소재지에 함께 가서 관공서에서 볼일을 도와주시곤 했다. 무슨 일이든 급하면 아버지를 찾는 동네 분들이 많으셨던 것 같다. 그렇다고 그분들을 돕는 게 돈이 되는 일도 상을 받는 일도 아니었건만 늘 아버지는 이웃들의 부탁을 거절하지 않고 내 일처럼 뛰어다니셨다.

엄마 입장은 달랐을지도 모른다. 동네 사람들 일을 도와주면서 면소재지를 오가는 것은 물론이고 그 시절 무슨 일 때문인지 허구한 날 이리 군산을 자주 드나들던 아버지였다. 시부모를 모시면서 안살림 책임지던 엄마로서는 그런 아버지의 면면이 마냥 좋지만은 않았을 터인데도 불구하고 자식들 앞에서 아버지에 대해 이러니저러니 말하는 법이 없었다. 세월이 한참 지나고 아버지가 돌아가신 후에도 엄마는 종종 이런 말씀을 하셨다.

"네 아버지 같은 사람 없지. 딸이든 아들이든 싫은 소리 한마디 안하고 손 한 번 댄 적 없었으니까."

시골에서 보냈어도 좋은 부모님 아래서 불평등이나 크게 부족한 것 없이 자라면서 삶의 길라잡이가 될 만한 교훈까지 제대로 받았으니, 나에게 유년시절은 그저 아름다웠던 시절로 남아 있을 뿐이다. 그래서 더욱더 보고 싶고 그리운 얼굴, 바로 부모님이다.

늘 '내가 먼저'에
익숙해지다

"회사 가면 인사를 잘 해야 한다. 알았지? 꼭 먼저 인사를 해야 혀."

20대 후반에 대기업의 회계과에 취업을 했다. 첫 직장생활이고 보니 설렘도 있고 의욕과 자신감도 넘쳐났다. 열심히 직장생활을 해 보겠다는 각오를 하고 첫 출근을 하던 날 아침이었다.

아버지는 딸에게 신신당부 하듯이 말씀하셨다. 초등학교 입학하는 여덟 살짜리 아이도 아닌데 아버지는 강조하듯이 말씀하셨다. 게다가 '윗사람에게 인사 잘 해라'가 아니었다. 아버지는 청소부 아줌마, 수위 아저씨, 식당 아줌마 이런 분들에게 다가가서 먼저 인사하는 게 직장생활 잘 하는 사람이라고 하는 게 아닌가? 적잖게 의아

했지만 평소에 인자하고 자상하면서도 말은 아끼던 아버지에 대한 신뢰가 컸기에 당신이 이 말씀을 하는 데는 그럴 만한 이유가 있으려니 싶었다.

대형빌딩인 만큼 회사 직원들 외에도 수위 아저씨, 청소부 아저씨, 식당 아줌마는 물론이고 전기실 직원들과도 얼굴을 마주하는 일이 잦았다. 직장 초년생이었던 만큼 아버지 말씀대로 그분들을 보면 먼저 다가가서 "안녕하세요.", "수고하세요." 하고 웃는 얼굴로 인사를 했다.

인사란 참 묘한 매력이 있었다. 처음에는 그분들도 내가 어느 부서 직원인지 누구인지 모를 터였다. 나 또한 그분들이 회사 소속인지 용역회사 파견 직원인지 알 리가 만무했다. 서로가 서로에 대해서 아는 것이라고는 한 건물에 있다는 것 뿐이었지만 만날 때마다 인사를 하다 보니 나중에는 가벼운 대화도 나누게 되면서 마치 한 사무실에서 같이 일하는 직원들처럼 가깝게 느껴지는 게 아닌가. 게다가 신입사원인 나로서는 내가 먼저 반드시 인사를 해야 하는 분들이 대부분인데 그들은 미처 내가 먼저 보지 못할 때는 거꾸로 먼저 다가와서 인사를 하면서 이웃집 어른들처럼 살갑게 대해 주곤 했다.

사내에서 윗분들이나 동료들과의 관계도 원만했지만 직장생활을 하다 보면 스트레스 받는 일도 생기기 마련이다. 게으름을 피우려는 것도 아닌데 왠지 몸이 무겁게 느껴지면서 기분이 가라앉는 날도 있다. 그럴 때마다 그들의 미소와 "오늘은 좀 피곤해 보이는데요. 무슨 일 있어요?"라며 관심을 가져주는 말 한마디가 그렇게 고마울 수가 없었다. 업무와는 전혀 관계가 없는 그들에게서 받은 미소와 마음은 진심으로 다가왔고 에너지 충만으로 이어지는 일이었으니 직장생활은 더없이 즐거울 수밖에 없었다.

매사에 적극적인 성격이긴 했지만 사실 직장생활 이전까지는 나름 가까운 이들이 아니면 말수도 적고 거리를 두는 성격이었다. 먼저 다가가서 아는 척하고 대화 나누고 그런 정도는 아니었다. 그랬던 나에게 그들은 인간관계의 새로운 묘미를 안겨준 것이다.

사람과 사람의 정이란 작은 것일지라도 나눌 때 더 돈독해지기 마련이다. 언제부터인가 나는 늘 회사 유니폼 호주머니에 동전을 넣고 다니는 습관이 생겼다. 바로 그들에게 3백 원 하는 자판기 커피 한 잔을 건네는 일이 많아진 것이다. 언제 어느 층에서 만날지 모르지만 인사를 하고 가볍게 안부도 전하면서 자판기 커피 한 잔 건네면 그들은 마치 큰 선물이라도 받은 양 행복한 얼굴이었다. 그들이 웃고 행복하면 그것은 곧 나에게 긍정과 행복의 바이러스가 되어 돌아온다. 동전이라도 진심을 담으면 얼마나 큰 위력을 발휘하는지 실감하는 날들이었다.

커피 한잔의 감동은 이것으로 전부가 아니다. 그 시절 만해도 형광등이 깜박깜박하다 갑자기 꺼지는 일들이 비일비재했다. 이런 일이 있을 때마다 사무실의 막내인 나는 먼저 관리실이나 전기실에 연락을 했다. 담당자들은 곧장 달려와 형광등을 교체해 주는 것은 물론이고 사무실내 설비나 기구 중 손을 봐야 할 곳은 없는지 둘러보았다. 하다못해 의자가 삐그덕 소리라도 내면 이 또한 즉시 교체를 해주곤 했다.

선배직원들과 윗분들이 의아해했다. 워낙 많은 직원들이 일하는 빌딩이다 보니 예전에는 형광등 한번 나가면 한나절이 다 지나서도 그대로인 경우가 많았는데 대체 어찌된 영문인지 알 수 없다는 식이었다. 군이 내가 얘기하지 않아도 그분들이 나를 대하는 얼굴을 보면 다들 알 수 있는 일이었으니 사무실 직원들은 "영숙씨! 대체 비결이 뭐예요?"라는 말을 하곤 했다.

좋은 습관은 활용범위를 넓힐 때 생활 속의 즐거움은 물론이고 인간관계에서의 신뢰를 더 굳혀주는 요인이 되기도 한다. 가정에서든 외부활동에서든 누군가는 해야 할 일이라면 나는 뒤로 숨지 않는다. 일단 내가 먼저 나서고 내가 먼저 실천한다.

인사도 활동도 배려도 '내가 먼저'를 부모님께 유산처럼 물려받았으니 나 또한 우리 아이들에게 귀가 따갑게 말해왔다. 그렇다고 이게 어디 말로만 해서 될 일인가? 아이들이 학교에 다닐 때 함께 자원봉사활동에 참여했고 그 후로는 내가 지역사회에서 활동하는 모습을 딸들이 지켜볼 수 있었다. 경험해 본 사람들은 안다. 자식들 앞에서도 '해라', '해야 된다'라면서 수십 번의 잔소리를 늘어놓는 것보다 '내가 먼저'를 실천하는 것이 훨씬 더 효과적이고 바람직한 방법이라는 것을.

영원한 나의 서포터즈
'그대' 있음에

그대가 오는 게 느껴집니다.

그대의 향기 그대의 존재가 나를 설레게 합니다.

그대가 나를 안아 줍니다.

서늘한 당신의 손이 내 어깨를 두드립니다.

당신이 대지에 스며들어 녹색 꿈이 깨어납니다. 목이 탄 논두렁
도 식혀줍니다.

이제 난 풀꽃이 되어 머리를 빼꼼히 내밀어 봅니다.

　- 자작시 '당신, 비'중에서

장마가 끝나고 가을의 문턱에서 비가 내린다. 빗소리 들으면서 거실 바닥 러그 위에 엎드려 책을 읽어도 좋으련만 나에게 주어진 시간은 늘 빈틈없이 촘촘히 짜여진 여러 가지 색상과 무늬가 새겨진 옷감만 같다. 한가하지는 않지만 잠시 사무실 창 가까이 다가가서 비 내리는 거리를 본다. 그리고 한 사람의 얼굴을 떠올린다. 출근하는 아침 잘 다녀오라는 인사를 나눈 지 불과 몇 시간이 안 지났지만 그는 언제나처럼 내 가슴 속에 자리해 있다.

세상에 태어나서 호박이 넝쿨째 굴러왔다는 말이 저절로 나올 만큼 나에게 다가온 행운 중 하나로 그를 빼놓을 수 없다. 우리 삶에서 좋은 배우자를 만나서 행복한 가정을 일구는 것은 두말할 나위 없이 소중한 일인데 그 시작부터 지금까지 늘 나의 손을 잡아주는 그가 있기에 나의 오늘이 존재하는 게 아닐까.

스무일곱 해가 흘렀다. 서른 살에 직장 상사의 소개와 적극적인 권유를 뿌리치지 못하고 그를 만났다. 만나고 보니 남편은 정말 좋은 사람이었다. 남들 앞에서 자식 자랑, 배우자 자랑을 하면 '팔불출'이라는 소리를 듣는 게 우리 사회의 아이러니컬한 문화이기도 하지만 누가 어떻게 보든 나는 늘 한결같이 누구에게든지 서슴지 않고 말하곤 한다. 그를 배우자로 선택한 것은 정말 잘 한 일이고 감사한 일이며 내게 주어진 최고의 행운이었노라고.

어느 날 친구들과의 모임에서 대화를 나누는데 남편한테서 전화가 걸려왔다. 남편이 전할 얘기가 있어서 짧게 통화를 하고 끝냈다.

옆에 있던 친구가 반색을 하면서 말했다.

"어머 너 호칭을 바꿔서 저장해놓아야겠다. 만일 위급한 일 당하면 어쩌려고 그래?"

"그게 무슨 말이지? 호칭?"

"그래. '나의 우주'가 뭐니? 너희 신랑이 교주님도 아니고 하하하. 근데 말이지. 만의 하나 네가 길 가다 쓰러지기라도 하면 가장 먼저 남편에게 연락을 해야 할 텐데 사람들이 남편 전화번호를 어떻게 찾겠어?"

"아, 그 얘기야. 난 또 뭐라구."

"농담으로 넘길 일 아니야. 내가 아는 친구들 중에는 빨리 알아보라고 '남의 편'이라고 해놓는다더라. 하하."

친구들과 한참을 웃었다. 그날 집으로 돌아오는 길에 다시 그 친구의 말이 떠올랐다. 사람이란 언제 어떤 위기나 다급한 상황에 맞닥뜨릴지도 모르는데 남들이 쉽게 찾을 수 있는 유머스러운 호칭으로 바꿔 저장하는 것도 그리 나쁜 일만은 아니라는 생각이 들었다. 그날 나는 '남편'을 추가하여 '나의 우주(남편)'으로 바꿔 저장했다.

'나의 우주'라는 남편의 닉네임에 누군가는 '닭살 돋아'라고 말할 수도 있겠지만 나는 진실된 나의 마음을 표현하는 데 티끌만큼도 부끄러움이 없다. 남편은 평범한 공무원으로 30여 년을 묵묵히 자신의 길을 걸어가는 사람이다. 그는 자신보다 늘 가족이 먼저이고 내가 손을 내밀면 언제든지 기다렸다는 듯이 지원군이 되어주는 사람이다. 권위주의적이지도 않고 변덕스럽지도 않고 다혈질적인 성향도 없다. 늘 묵묵하게 자신의 위치에서 소리 내지 않고 나와 세 딸들에게는 지지하는 버팀목이자 그야말로 기둥 같은 존재다.

쌍둥이 딸들을 비롯해 세 아이를 키우면서 남모르게 힘든 일도 많았다. 딸들이 아기였을 때에는 밤낮이 바뀌어 잠을 제대로 자지 못하고 출근하는 날이 많았다. 뒤늦게 알게 된 일이지만 남편은 그 시절 수면 부족과 과로로 인해 아침 출근길에 구역질이 나오고 걷기조차 힘들어서 전철을 몇 차례 보낸 후에야 타고 갔다는 이야기를 들었다. 아내인 나로서는 이미 지난 오래된 일이지만 지금도 그 이야기를 떠올리면 가슴이 먹먹해질 만큼 미안하고 그리고 고마웠다.

아이들이 유치원과 초등학교 다니던 시절에는 책 좋아하는 아이들이 대형서점에 가고 싶다고 하면 휴일에 자신의 휴식은 뒤로하고 아이들에게 비옷 입혀서 버스 타고 서울 중심가에 위치한 서점까지 다녀오는 아빠였다. 종종 내가 귀찮고 힘들어서 "나는 못해." 하는 집안 일이나 아이들 보살피는 일이 발생했을 때도 그는 늘 흑기사를 자청한다.

딸들이 중학교에 들어간 이후부터 본격적으로 시작된 나의 공부와 지역사회 활동 그리고 일들은 남편의 이해와 지원 없이는 불가능했을 일이었다. 무엇보다도 돈을 벌기보다는 쓰는 일이 대부분이고 시간을 할애하지 않으면 안 되었다. 그는 단 한 번도 "왜 고생을 사서 하느냐."라든가 "돈 안 되는 일을 왜 하지?"라는 듣기 불편한 말을 단 한 번도 한 적이 없다.

그는 늘 그랬다. 내가 무엇이든 새롭게 시작할 때 "당신이 원하는 일이라면 해야지. 좋은 결과가 있길 바래."라고. 말로 끝나는 게 아니라 항상 도우미 역할에 발 벗고 나서주었다. 지역사회 활동이나 개별적인 모임 활동에서 늘 주도적인 입장이 되고 보니 행사가 있으면 물품도 구입해야 하고 운반도 해야 하는데 그럴 때마다 "내가 도와줄게."라는 말을 먼저 하는 그다.

오래되지 않은 일이다. 한번은 대한흙사랑봉사회에서 야채를 심어 놓은 밭의 풀 뽑기를 해야 하는 날인데 그날따라 참석인원이 부족했다. 하는 수 없이 그에게 부탁을 했더니 함께 가주었다. 휴식을 취해야 하는 휴일임에도 불구하고 동참하여 일손을 거들어 주는 그를 보면서 참 고마운 사람이라는 생각을 되뇌었다.

한번은 내가 말했다.

"나는 다시 태어나도 당신과 결혼할 거야. 당신은?"

그는 말없이 미소만 지을 뿐이다. '그래 나 또한'이라는 말을 안 했을지라도 나는 다시 묻거나 뾰로통하지 않는다. 어제도 오늘도 그리고 내일도 그는 나의 우주이니까. 그저 그대 있음에 내가 더 나은 사람이 될 수 있으니까.

존경하는 인물을
묻는다면

사람마다 닮고 싶은 롤모델은 다 다르다. "어떤 사람을 존경하는
가?"라는 질문을 받을 때마다 언제부터인가 나는 '황희 정승'을 꼽
곤 했다. 이유는 분명하다. 꼭 닮고 싶은 것이 있으니까.

그가 조선의 최장수 재상으로 남기까지는 그만큼 능력과 자기 관
리가 뛰어났기 때문이 아닌가 싶다. 일반적으로 황희 정승에 대해 알
려진 그의 장점으로는 '소신과 원칙을 견지하면서도 관용의 리더십
을 베풀었다'는 점과 '검소한 삶으로 청백리 정신의 주인공이었다'
는 것이 부각돼 있다. 그중에서도 나로 하여금 수백 년 전의 정치인
을 존경하게 만든 강력한 메시지는 바로 청백리 정신이다.

다양한 능력과 장점을 지니고 후세들에게 많은 교훈을 남겨준 황희 정승이기에 그의 삶속에 얽힌 일화들은 한두 가지가 아니다. 세 딸을 둔 엄마라서일까? '황희 정승네 치마 하나 가지고 세 어미 딸(어머니와 딸)이 입듯'이라는 속담에 얽힌 일화가 인상적이었다.

　속담으로까지 전해져 오는 그의 근검하고 깨끗한 삶의 스토리는 이렇다. 임금 앞에서 흥겨운 놀이가 한바탕 펼쳐진 그날 '바우쇠'라는 광대가 줄타기 묘기를 선보였다. 광대는 줄 위에서 붉은 비단 끈을 양쪽 엉덩이에 번갈아 갖다 대며 말했다.

　"이로 말할 것 같으면 황희 정승 댁 속곳춤이라."고.

　줄타기가 끝나자 광대의 말이 궁금했던 세종대왕은 무슨 뜻이냐고 물었던 것. 광대가 말하기를 "황정승 댁은 하도 가난해서 속곳 하나를 하루는 마님께서 입고 나가시고, 다음날은 아가씨께서 입고 나가신다."고 했단다.

　요즘 세상이야 꼭 상류층이 아니어도 아무리 식구가 많아도 네 옷 내 옷 각자 입는 옷만도 넘쳐날 정도로 나름 입고 먹는 것은 풍족한 게 현실이다. 세 딸 모두가 한창 멋도 부리고 싶은 20대이다. 우리 가족문화는 사적인 영역에서는 각자가 자기 삶과 일상을 자율적으로 주도해 가는 쪽이다. 내가 엄마라고 해서 "이 옷 입어라. 저 옷 입어라." 하는 말은 해 본 적이 없다. 하지만 가끔씩은 물어본다. "그 옷 예쁜데 어디서 샀어?" 하고. 딸들은 하나같이 지하상가 쇼핑족이다.

　"지하상가에서 샀어요. 치마 5천 원. 니트는 7천 원 주고 샀죠."

"이번엔 완전 득템이죠. 만 원으로 한 벌 샀으니까용."

나도 아이들도 명품이나 브랜드에 관심을 가질 수도 있겠건만 거리가 멀다. 나와 남편은 주로 아울렛 매장에 가서 할인판매하는 의류를 구입하는 편이다. 사실 나는 멋과는 거리가 멀어서 어떤 패션제품이 유행인지도 잘 모르는 스타일이라, 실용성을 중요하게 생각한다. 그저 검은색, 회색 단정한 정장 한 벌에 셔츠 하나 받쳐 입으면 그걸로 패션의 완성이라고 여긴다. 친구들 또한 나를 두고 "왜 그렇게 옷을 대충 입고 다니냐?"고 할 정도다. 어쩌겠는가? 옷에는 그다지 관심이 없으니 말이다.

딸들은 나와는 또 다르다. 그 애들은 나름 멋을 추구하지만 그야말로 짠순이 실속파다. 유행도 빨리 바뀌고 저렴한 비용으로 신상품을 즐길 수 있어서 지하상가 쇼핑을 좋아한단다.

패션이든 외식이든 자신이 원하는 것을 입고 먹고 만족스러우면 그것이 각자의 소확행인 셈이다. 그러니 지하상가 쇼핑을 한다고 해서 흠잡을 일도 아니고, 명품을 선호한다고 해서 색안경 끼고 볼 일도 아니다. 더욱이 요즘은 꼭 돈 많은 사람이라고 해서 명품을 즐기는 시대도 아니니까. 다만 보통 서민 가정의 엄마 입장인 나로서는 아이들의 쇼핑 스타일에 내심 감사한 마음이 든다. 다 큰 딸이 셋이라 아이들의 지출 비용이 컸다면 감당하기 힘들었으리라.

사람에게는 어렸을 때의 습관이 중요하다는 것을 나와 내 아이들을 통해 새삼 느낀다. 7남매 속에서 성장한 나는 아버지의 가르침의 영향을 많이 받았다. 우리 형제들은 철저하게 필요한 게 있으면 사전에 말씀드리고 용돈을 타는 식이었다. 이 때문인지 나는 지금도 항상 사전에 소비와 지출 계획서를 작성해놓고 그것에 맞춰서 사는 편이다. 충동구매가 거의 없다시피하다.

아이들은 초등학교 때부터 금전출납부를 쓰더니 지금도 각자 알아서 그 습관을 이어가는 것 같다. 아이들이 어렸을 때 나는 돈통을 만들어 놓고 그곳에 잔돈과 천 원짜리 지폐를 몇 장씩 넣어두고 정기적으로 확인하면서 없으면 채워놓는 방식을 택했다. 아이들에게는 학용품 구입이든 군것질 비용이든 각자 필요한 만큼 알아서 가져가고 얼마를 가져갔는지에 대해서만 지출장부에 적어두도록 했다.

처음엔 남은 금액과 지출장부의 금액이 정확하게 맞았는데 시간이 지나면서 엇박자가 났다. 그때부터 나는 아이들에게 영수증을 반드시 가져와서 붙여놓도록 했다. 그러다 보니 한번은 문방구에서 3백 원을 사용했는데 주인이 영수증을 안 준다고 펑펑 울어서 문방구 주인이 전화를 걸어온 적도 있다. 이런 저런 에피소드도 있었지만 아이들 초등학교 시절 내내 시행한 이 방법은 큰 문제가 없었다. 나 또한 편했다. 아이들도 나에게 군것질할 용돈을 달라고 수시로 조르는 일은 없었다. 무엇보다도 이때의 용돈지급 방법이 현명했다고 생각되는 데는 다 이유가 있다. 지금도 여전히 딸들이 각자 소비와 지출관리에 대해 잘 관리하고 있기 때문이다.

돈은 버는 것보다 쓰는 게 중요하다고 했다. 어디에 어떻게 쓰는

지는 각자의 판단이고 그 결과에 대한 책임이나 효과 또한 각자의 몫이다. 다만 나로서는 지위나 수입에 상관없이 검소한 삶을 살고 싶다는 의지가 강하다. 아껴 쓰고 저축을 하여 그것을 소중한 일에 사용하게 될 수 있길 바랄 뿐이다. 이는 옳고 그름을 떠나서 나의 소신이자 철학일 뿐인 것이다. 역사는 기록한 사람이나 말 전하는 사람에 따라서 얼마든지 미화되고 평가절하되는 왜곡이 발생할 수 있는 여지가 충분하다. 황희 정승 또한 뇌물을 받은 적이 여러 차례 있어서 '황금대사헌(黃金大司憲)'이라고 불릴 정도로 세상 사람들의 비난을 산 적도 있었고 그로 인해 스스로 임금에게 사직을 요청하기도 했다는 기록이 있다. 하지만 나는 황희 정승이 몸소 실천한 청백리 정신을 존경하고 따르고 싶은 마음이다.

경기도 파주시에는 황희가 관직에서 물러난 후 여생을 보냈다는 반구정(伴鷗亭)이라는 정자가 있다. 조선조 최장수 재상이었음에도 불구하고 도성 밖으로 멀리 나가 갈매기를 벗 삼아 즐기며 여생을 마감했다는 것이 가슴에 와닿는다. 그의 삶이 적어도 나에게는 자본의 논리에 빠져 끊임없이 욕심을 채워나가는 탐욕스런 일들이 없도록 하는 교과서처럼 여겨지기 때문이다.

쌍둥이 엄마
고향은
어디야?

쌍둥이 엄마는 아이들을 키우면서 아이들과 함께 공부했다.
유아교육, 청소년교육, 자원봉사를 통해 세상을 함께 사는
공부를 했다.
그리고 나눔과 봉사에 빠져들었다.

"저!
경기도 광명시 살아요."

　　몇십 년 만에 만난 동창생이 어디에 사느냐고 묻길래 경기도 광명시에 산다고 했다. 친구는 서울 옆이니 서울이나 마찬가지라며 알은체했다. 친구 입장에서는 광명시가 서울과 붙어 있어 서울이나 다름없으니 제 딴에는 내가 사는 곳을 추켜 세워준 마음으로 서울을 운운한 것 같았다. 내가 생각하는 우리 시의 존재감과 이미지와는 동떨어진 얘기다. 나는 서울이 아닌 그냥 경기도 광명시라 강조했다. 그 후 다른 친구가 전하기를 그 친구가 말하기를 "영숙이는 광명시에서 상 받아야겠다. 어찌나 광명시 자랑을 잘 하는지 광명시 홍보대사인 줄 알았다."고 하더란다.

정확히 언제부터인지는 모른다. 상대가 누구든 어떻게 생각하든 나는 늘 '나는 나'라는 존재감이 분명했듯이 내가 사는 도시 또한 '경기도 광명시'라고 못 박는 습관이 생겼다. 서울 옆에 붙어 있는 작은 도시 광명시가 아니다. 광명시는 그 이름 그대로 '광명시'임을 강조한다. 혹자는 이런 나를 향해 굳이 그렇게까지 말할 필요가 있느냐고 할 수도 있겠지만 누가 뭐라 하든 내 입장은 분명하다. 오랜 세월 동안 정이 들면서 내 고향이나 다름없다고 여기기 때문이기도 하겠지만 무엇보다도 내가 사는 도시에 대한 존재감을 확실하게 인식시키고 새겨두고자 하는 마음에서다.

1993년 4월이었다. 결혼과 동시에 광명에서 신혼살림을 차린 것이 어느새 27년이란 세월이 흘러갔다. 사반세기를 넘게 보냈으니 결코 짧지 않은 시간들이다. 고등학교 졸업 무렵 고향에서 올라와 직장생활을 하다가 결혼을 하게 된 그때까지 서울에 살았다. 광명시에 대해서 아는 것이 없었다. 단지 큰 언니가 사는 곳이기에 가까이 있고 싶은 마음에 이 도시를 택했지만 여기서 세 아이를 낳아 키우며 내 인생의 절반에 달하는 시간을 보낸 지금 나는 오롯이 광명사람일 뿐이다.

광명시는 예나 지금이나 도시의 규모면에서의 큰 변화는 없다. 12만 5천여 세대, 31만 1천여 명의 인구가 사는 소도시다. 수도권 인구팽창으로 생겨난 서울 주변의 신도시들이 80년대, 90년대를 거치며 속속들이 등장하고 급속도로 비대해진 것에 비하면 우리 광명시는 비교적 조용하게 시의 역사를 써왔다.

부지런한 소시민들이 이웃들과 정을 쌓으며 터전을 닦아온 작은 도시는 늘 정겹기만 하다. 골목길을 거닐고 전통시장을 가도 앞뒤에서 반가운 얼굴들이 나타나면서 서로 인사 나누기 바쁘다. 한때 어린이집을 운영했었기에 지금은 어느새 어른이 된 그 시절 원생도 "원장님! 안녕하세요?" 하면서 다가와 안부를 전한다. 유년시절 태어나고 자란 고향의 정경만큼이나 광명을 구성하고 있는 모든 것들이 내게는 안방처럼 편안하고 친숙하기만한 우리 동네이고 우리 도시다.

그래서인지 나는 유독 '경기도 광명시'를 사랑한다. 무엇보다도 동네 슈퍼마켓과 시장을 즐겨 찾는다. 인근에 대형 쇼핑몰들이 부지기수이지만 물건 하나를 사도 우리 동네 광명에서 구입한다. 설령 다른 도시에 거주하는 친지나 지인을 방문할 때에도 크든 작든 선물은 반드시 우리 도시에서 구입하는 것을 철칙으로 삼는다. 내가 사는 도시에, 내가 몸담고 있는 마을에 활력을 불어 넣고 이웃들 얼굴에 웃음꽃이 피게 하려면 사소한 인정과 관심을 기울여야 한다는 게 나의 지론이다.

크기와 사람 수를 힘과 경쟁력의 잣대로 삼는 사람들이 적지 않다. 아니다. 사람도 도시도 자신만의 철학과 자존감이 중요하다. 더욱이 도시는 생활의 편리함 못지않게 소중한 것이 그 지역 사람들의 인심과 인정 그리고 선한 느낌이다. 작지만 사람 사는 냄새가 풍기는 도시, 그곳이 바로 '경기도 광명시'다.

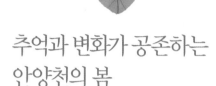

추억과 변화가 공존하는
안양천의 봄

하천 제방 길 위에서 노란 유채꽃이 만개한 하천변의 꽃밭을 내려다본다. 여기가 제주도인지 지방의 어느 관광단지인지 착각이 들 정도다. 청보리밭은 또 어떠한가? 파릇파릇한 수염을 내밀며 쑥쑥 자라오른 보리는 내 고향 군산 옥구의 유년시절을 떠올리게 한다. 제방의 벚꽃 길을 걷는 기분 또한 각별하다. 하천을 타고 불러오는 봄바람에 꽃잎이 날리는 날엔 그야말로 영화 속의 한 장면이 따로 없다. 봄이 특히 더 아름다운 곳, 안양천이다.

일주일에 두세 번은 안양천을 찾는다. 걷기운동을 위해서다. 예전에 살던 동네의 도덕초등학교 사거리를 지나 제방을 넘어 하천변에 조성된 산책로를 걷는다. 내가 걷는 코스는 광명대교 사거리에서 하안 배수펌프장 삼거리 부근까지다.

봄이야말로 안양천의 아름다움을 최고조로 끌어올리는 계절이긴 하지만 여름, 가을, 겨울도 저마다 나름대로 옷을 갈아입고 기다리는 모습이 확연하게 다르면서도 산뜻하다. 정감이 스며든 자연의 얼굴, 자연의 소리를 듣는다. 늘 그렇듯이 유유히 걷다 보면 이곳의 바람과 정경에 취해 누구에겐가 전화를 걸고 싶은 때가 한두 번이 아니다. 친구, 친척, 지인들에게 손짓하고 싶은 곳이다.

"광명에 꼭 한번 놀러 와! 안양천에서 산책 한번 하면 아마 광명으로 이사 오고 싶어질 거야."라고.

내가 사랑하는 안양천! 안양 시가지 앞을 지난다는 의미에서 '안양천'이라는 이름이 붙여졌다고는 하지만 이 하천의 매력은 경인선 철로가 지나는 곳에서 한눈에 사람들을 끌어 잡아당기는 것이 압도적인 포인트, 바로 광명시 부근이 아닌가. 그러니 광명시의 얼굴과도 같은 곳이다. 포용력 또한 대단한 이곳은 어쩌면 화합의 상징인지도 모른다. 안양천은 의왕시 왕곡동의 백운산 서쪽에서 발원하여 군포시·안양시·광명시와 서울의 금천구·구로구·양천구·영등포구를 지나 성산대교 서쪽에서 한강에 합류한다. 서울과 수도권 여러 도시들을 한 아름 끌어안고 흐르는 자연하천으로서 아름답고 웅장하면서도 살아 꿈틀대는 자연의 숨소리를 들을 수 있는 곳이다.

걷기운동 겸 산책을 하노라면 나에게는 떠오르는 기억들이 있다. 광명에서 살기 시작한 초창기 시절이다. 벌써 이십여 년이 훨씬 지난 그날들의 소중한 추억들이다. 큰 언니네 외에는 딱히 아는 이 없는 광명에서 신혼살림을 시작했다. 그때만 해도 광명은 지금과는 비교할 수 없을 정도로 본격적인 도시개발을 하기 전이었다. 7호선 전철도 들어오지 않았었고 안양천변 조성도 진행되지 않았던 때였다. 단지 서울과 접해 있다는 지리적 여건 외에는 그저 조용한 지방의 읍소재지 같은 정서가 풍기던 곳이었다.

추억이란 참으로 아름답고 소중하다는 것을 새삼 느낀다. 그 시절 우리는 주공아파트 이웃들과 함께 소소한 즐거움을 만끽하는 시간들을 자주 보냈다. 아직도 내 기억 속에서는 노릇노릇 구워진 삼겹살을 먹을 때 느꼈던 그 특별한 맛이 되살아나곤 한다. 너댓집 식구들이 모여 돗자리를 들고 안양천 제방 아래 도로변 안쪽으로 이어진 풀밭으로 가곤 했다. 지금에야 해서는 안 되는 일이지만 그 당시에는 야외에서 고기를 구워먹는 일이 서민들의 정겨운 피크닉으로 통했다. 한적한 곳이었고 특별히 누구에게 피해를 주지 않는다면 제지나 방해도 받지 않았다. 이웃들과 함께 웃고 떠들면서 음식을 함께 나누어 먹었다. 다리만 건너면 시끌벅적하고 차들이 정신없이 오가는 금천구나 구로구와는 달리 멀리 지방의 휴양지 같은 소도시 정서가 물씬 풍기는 곳이 바로 광명이었다.

어느새 그런 세월은 슬그머니 내 나이를 만들어 놓고 소리없이 흘러 저만치 가 있다. 광명시의 모습도 많이 변하고 또 발전했다. 물

론 도시의 변화는 지금도 현재진행형이다. 광명시는 내가 30여 년
간 몸을 담은 곳이다. 내가 태어나고 유년시절을 보낸 고향에서의
시간보다 광명에서 그려놓은 인생 수채화가 더 많다. 이제는 그냥
'우리 시', '우리 동네'라는 말로 통한다. 광명의 어제와 오늘을 두고
좋고 나쁨을 평가한다는 것은 나에게는 있을 수 없는 일이다. 어제
는 어제대로 아름답고 특별했던 기억들로 가득 차 있고 오늘은 오늘
이대로 내 삶이 새겨지고 있는 도시다.

광명시는 그저 평온한 안식처이자 나의 새로운 고향일 뿐이다.

전통시장!
사람 냄새에 취하는 힐링 공간

일주일에 한 번은 꼭 가는 곳이 있다. 아니 반드시 가야만 하는 곳이다. 어떤 날은 당장 급한 것이 아닌데도 나는 그곳으로 간다. 마치 자석을 붙여놓은 것처럼 발길은 그곳을 향한다. '전통시장의 자부심'이라는 로고가 반겨주는 광명사거리역 9번 출구 앞의 광명 전통시장이다. 전통시장은 이 도시에서 내가 가장 좋아하고 사랑하는 곳으로 27년 전이나 지금이나 늘 같은 곳에서 '광명사람들 바라기'임을 자청하며 서 있다.

집에서 걸어가면 15분 거리. 구입할 것이 많은 게 아니면 캐리어 대신 장바구니를 어깨에 걸쳐 메고 간다. 누가 기다리고 있는 것도 아닌데 발걸음이 가볍기만 하다. 오가는 사람들과 눈 인사를 나누면서 길가에 새로 생긴 점포 안을 살짝 들여다보는 재미도 만끽하고 새로 들어서는 빌딩에는 또 어떤 근린시설들이 문을 열까 궁금해하면서 걷다 보면 어느새 사거리 횡단보도를 건너 시장 안으로 들어선다.

입구 오른쪽엔 좌판을 벌여놓고 도라지와 더덕을 파는 상인이 연신 나물의 껍질을 벗기며 손님을 맞이하고 그 건너편으로 빨간 플라스틱 바구니에 수북하게 담긴 참외, 토마토, 복숭아, 사과 등이 손글씨로 쓰여진 착한 가격표와 함께 미소를 짓는다. 조금 더 들어가면 첫 번째 모서리 반찬가게에는 먹음직스럽게 버무려놓은 겉절이와 배추김치를 비롯해 오이소박이, 멸치볶음, 우엉조림 등등 잔칫집 부엌을 보는 것처럼 푸짐하다. 살짝 눈길 돌려 훔쳐보는 그 자체만으로도 마음이 풍요로워진다.

시장을 가면 언제나 들르는 곳이 있다. 그중에서도 가족들 모두가 좋아하는 생선가게는 1순위다. 두 명의 남자가 시원시원한 목소리로 싱싱한 생선 이름을 불러가며 손님들의 시선을 붙잡는다. 그곳에 다다르면 어김없이 먼저 인사를 건넨다.

"누님 오셨습니까? 오늘은 오징어가 정말 좋아요. 갈치도 많이 들어와서 가격이 좀 내려갔어요."

몇 년째 단골이다 보니 마치 이웃집 사람들처럼 살갑게 맞이해 준다. 때로는 현란한 말재주가 능청스럽기도 하다는 생각이 들기도 하지만 웃는 얼굴에 냉소로 화답할 수 없는 일 아닌가. 게다가 생선한 손이라도 더 팔려면 사람 대하는 실력이 이 정도로 능숙해야 하는 것은 당연한 것 아닌가 싶기도 하다. 나도 웃으면서 고개를 끄덕여준다. 가끔씩은 그들이 추천해 준 생선을 구입해 돌아오는 길에 너무 비싸게 주고 산 건 아닐까 싶은 생각을 할 때도 종종 있다. 하지만 막상 요리를 해서 먹어보면 역시 신선하다. 결코 그들은 실망시키는 일이 없다는 생각에 신뢰감은 더욱 쌓여진다.

믿음이 가고 정이 가는 가게가 어디 생선가게 뿐일까? 품목에 상관없이 모든 점포 상인들은 늘 같은 자리에서 시민들을 만나기에 품질과 가격에서의 만족도는 그야말로 가성비 최고라는 말이 저절로 나온다.

시장은 늘 활력이 넘쳐난다. 양손에 장바구니를 든 시민들의 발걸음은 바쁘게 움직이고 물건을 알리는 상인들의 목소리는 언제나 경쾌하게 리듬을 타고 들려온다. 앞뒤 좌우 어디를 둘러보아도 온갖 먹거리, 의류, 잡화 등이 오색물결로 인사를 한다. 어쩌다 이유도 없이 우울해 찾아갔던 날은 한순간에 기분전환이 저절로 된다. 생생하게 살아서 꿈틀대는 생선의 몸부림만큼이나 시장은 언제나 시민들의 발걸음에 생기를 불어넣어주고 희망을 꿈꾸게 한다.

시장을 한 바퀴 둘러 집으로 가기 위해 발걸음을 재촉하여 나올 때마다 시장 입구나 주변의 도로가에 좌판을 깔고 있는 상인들의 모습이 눈에 들어온다. 그럴 때마다 나에게는 또 하나의 습관이 발동한다. 텃밭에서 키운 상추, 오이, 열무, 호박 등의 야채 한 바구니를 앞에 놓고 마지막 상품이 빨리 팔리길 기다리는 연로하신 노점상인들이다. 내가 그것을 사면 그분들이 조금이라도 빨리 집으로 갈 수 있겠다는 생각에 걸음을 멈추게 된다. 그분들처럼 생전에 장사를 하지는 않았지만 돌아가신 어머니 얼굴이 떠오르면서 결국 내 지갑에서는 몇 장의 천 원짜리 지폐가 나오고 만다.

사실 인정을 앞세워 구입한 야채들이 식구들이 좋아하지 않는 야채일 경우에는 낭패스럽기도 하다. 냉장고에 오랫동안 자리를 차지하고 있다가 나마저도 제때에 먹지 않아 어떤 때는 아깝게 음식물쓰레기 봉투로 들어가곤 한다. 그 순간 '다음에는 절대 사지 않을 거야'라고 마음을 단단히 먹지만 나는 똑같은 일을 반복한다. 어쩌겠는가? 정이 많고 모질지 못해 마음이 내 뜻대로 되질 않는 걸.

광명 전통시장은 1970년대 초반부터 자생적으로 형성돼 지금은 400여 개가 넘는 점포들이 줄을 지어 사방으로 이어져 있다. 전국에서 일곱 번째로 손꼽히는 대표적인 전통시장이니 이 도시의 명소인 셈이다. 게다가 시장 주변에는 의류점, 가구점은 물론이고 은행과 병원까지 들어서 있고 먹자골목으로도 이어진다. 우리 생활에 필요한 모든 볼 일들을 원스톱으로 해결할 수 있는 광명시민들 생활의 중심이자 보물창고인 셈이다. 그래서 외지에서 나를 찾아오는 사람들에게는 이곳 광명시장을 꼭 구경시켜주곤 한다.

해묵은 인연들 많은 건 자산

성격만큼이나 바꾸기 힘든 것도 없다. 오죽하면 '성격도 유전이다'는 말로 바꾸기 힘들다고 하거나 '타고난 성격으로 성공하라'는 말로 장점을 살리라고 말하겠는가? 그러니 성격으로 인한 단점은 더더욱 바꾸기가 어렵다.

장점은 내세우고 단점은 감추는 것이 사회생활에서 특히 인간관계에서는 중요하다. 하지만 말처럼 실행으로 옮기기란 쉽지 않은 일 같다. 단점을 드러내지 않는다는 것은 악의적인 감정을 감추는 것도 아니고 좋지 않은 것을 좋게 포장하려는 위선도 아니다. 그것은 나 자신의 실수나 부족함을 스스로 조절하여 상대에게 상처나 피해를 주지 않는 일이다. 나름 인내와 자제력을 필요로 한다.

"단점이 무엇인가요?"라고 물으면 나는 머뭇거림이 없다. 기다렸다는 듯이 "직선적인 성격이죠."라고 말한다. 그렇게 말하는 자체가 내 단점을 그대로 보여주는 일이기도 하다. 좋게 말하면 솔직하고 막힘없이 시원하다고 하지만 그것은 칭찬으로 받아들이는 사람들의 관점일 뿐이다. 누군가는 당연하고 솔직하게 말하는 나의 직선적인 성격으로 인해 마음의 상처가 클 수도 있고 오해의 골이 깊어질 수도 있는 일이다.

이미 20대 시절부터 나는 이런 나 자신의 단점을 너무도 잘 알고 있었다. 그간 수없이 나 스스로에게 말했다.

"넌 너무 직선적이야. 때로는 돌려서 말하거나 그냥 참고 있어도 되지 않아? 왜 꼭 그렇게 직선적으로 말해야 하는 건데?"

수십 번을 묻고 고민하며 바꿔보겠다는 다짐도 했지만 그때 뿐이다. 나이 오십이 넘어서도 여전히 바뀌지 않는다. 싫은 것은 싫은 것이고 아닌 것은 아닌 것이다. 이런 성격이 대나무처럼 강해서 때로는 내가 말해놓고서도 뒤돌아서서 '하지 말걸' 하는 생각도 했다.

지역사회 활동을 하면서 단체를 이끌다 보면 누군가 한 사람은 칼자루를 쥐고 결정을 내려야 할 때가 많다. 다양한 활동에 참여하고 리더의 입장인 경우가 많다 보니 부딪히는 게 인간관계다. 사람이 늘어나면 늘어날수록 일만큼 힘든 게 조직관리다. 나는 일을 처리할 때 나 개인에게 득이 되는 일보다 모두에게 득이 되는 결론으로 끌고 가려 한다. 그러다 보면 경우에 따라서는 회원에게 싫은 소리를 하는 일도 발생한다. 그래도 조직이나 모임에서는 나름대로 직선적인 나의 단점을 최대한 억제하고 있다. 내 개인적인 입장이나 견해보다는 전체 입장에서 보고 판단하려고 노력한다.

사소한 결정이나 분분한 의견을 정리할 때는 오히려 직선적인 성격이 필요할 때도 있다. 회원 중 한 사람이 자신의 입장을 주장하고 내세우며 참여하다 보면 자칫 다른 사람들에게 좋지 않은 여파를 남길 수도 있기 때문이다.

벌써 오래된 일이다. 한 회원에게 무 자르듯 아주 독하게 말한 적이 있다.

"그런 생각으로 일하려면 우리 모임에서 탈퇴하는 게 좋겠어요."

상대는 내가 이렇게 직선적으로 냉정하게 말할 것이라는 것을 차마 예측하지 못했을 터이다. 결국 그 회원은 탈퇴했고 그로 인해 연락이 끊겼다. 맺고 끊는 성격이 확실하긴 하지만 인간관계에서 한 번 맺은 인연은 상대가 먼저 등 돌리지 않는 한 내가 먼저 끊는 일이 없도록 하려고 참고 배려하려고 한다. 함께 일해오던 사람이 떠났으니 난들 마음이 편할 리 없었다. 문제는 상대의 태도에서 비롯됐지만 한편으로는 마치 내가 리더십을 잘못 발휘해서 회원 한 사람을 놓친 게 아닌가 싶은 자책감도 있었다.

몇 년 전이었다. 그가 회원에서 탈퇴한 지 10년이 지났는데 연락이 왔다. 그때는 자신이 생각이 좀 짧았던 것 같다면서 안부를 물어왔다. 나야말로 너무 감사하고 감동적인 순간이었다. 당시 내가 그렇게 모진 말을 할 수밖에 없었던 입장을 상대가 이해해 준다니 거꾸로 내가 미안해지는 순간이었다. 지금도 그 회원의 얼굴을 떠올리면 먼저 연락해 줘서 고마울 따름이다.

최근 들어서 가끔씩 놀라운 전화를 받곤 한다. 오래전에 해외로 나가서 생활하다가 귀국한 지인들, 서로 바쁘게 살다 보니 한동안 소식을 모르고 지냈던 친구들의 목소리를 들으면 반갑기 그지없다. 10년, 20년 전에 해외로 나갔다가 들어온 지인이나 친구가 건네온 인사는 더욱 그렇다. "너한테 제일 먼저 연락하는 거야."라는 말을 들을 때는 내가 그들에게 그립고 소중한 사람이었다는 것에 대해 존재감이 느껴지고 기분이 좋아진다. 그럴 때마다 나는 혼잣말을 한다.

"그래 김영숙! 너 그래도 인생 잘못 살진 않았네. 참 잘 살았다."

이렇게 스스로를 안아주는 일도 요즈음 많이 한다.

10년은 기본이고 20년, 30년 된 인연들이 부지기수다. 자주 보는 얼굴들도 많지만 멀리 있는 지인들은 1년에 한두 번 연락을 하기도 한다. 그래도 늘 가까이 있는 사람처럼 느껴져서 좋다. 언제 들어도 변함없는 목소리, 그리고 떠오르는 미소들이 있어서 오늘 나는 행복하다.

여기가 바로
'광명' 찾는 '광명'이야

예전에 엄마가 자주 하시던 말씀이 있다.

"사람 사는 집에 사람이 찾아와야 그게 사람 사는 멋이고 냄새다."

사람 좋아하는 부모님 유전자를 그대로 물려받은 걸까? 나 또한 사람들과 어울리고 대화하길 좋아하는 성격이니 형제들은 물론이고 친구나 지인들이 종종 찾아온다. 그럴 때마다 나는 집에만 있지는 않는다. 함께 밖으로 나가기를 즐긴다.

서울의 맛집이나 볼거리를 찾아나설 수도 있겠으나 손님들에게 자신있게 안내하는 곳 세 곳이 있다. 최근 10여 년 사이에 그야말로 유명세가 대단해진 '광명동굴'과 오리 이원익의 역사를 소개할 수 있는

'충현박물관', 그리고 광명시장에 있는 소문난 집 '홍두깨 칼국수'다.

제일 먼저 핸들을 돌려 찾는 곳은 광명동굴. 1912년 일제가 자원수탈 목적하에 황금광산으로 개발되었던 광명동굴은 일제강점기 징용과 수탈의 현장이기도 하지만 해방 후 근대화와 산업화의 흔적을 간직한 산업유산의 현장이다. 1972년 폐광된 후 40여 년간 새우젓 창고로 쓰이며 잠들어 있던 광명동굴은 2011년 광명시가 매입하면서 역사·문화 관광명소로 다시 태어난 곳이다.

광명동굴은 대한민국 최고의 동굴테마파크라는 평가를 받으면서 연간 100만 명 이상의 관광객이 찾는다. 그러니 타 도시에서 온 손님을 모시고 가기에는 이보다 더 좋은 곳이 없다. 와인동굴, 라스코전시관, VR체험관 등을 둘러보고 동굴카페에 앉아 차 한잔 하면 마치 해외여행을 온 듯한 느낌이라는 찬사를 받는다. 이미지와 형상이 광명동굴이 연상되어지는 광명동굴빵과 광명동굴금괴빵을 사서 기념으로 건네주는 것도 빼놓을 수 없는 일이다.

그다음 찾아가는 곳은 충현박물관이다. 조선시대 대표적인 청백리 재상인 오리 이원익과 그의 직계 후손들의 유물과 자료, 종가의 민속생활품 등 사대부 집안의 각종 자료가 전시되어 있다. 이곳은 야외 또한 볼거리가 풍성하다. 이원익 영정을 모신 사당인 오리영우, 인조가 하사한 집인 관감당, 그의 후손들이 살았던 종택 등이 잘 보존되어 있다. 특히 '관감당'은 인조 8년인 1630년에 이원익 선생이 관직에서 물러나 살던 두 칸 초가에 비가 새자 왕이 경기감사에게 명하여 지어준 집이라고 한다. '모든 백성들이 보고 느껴야 할 집'이라는 뜻을 지녔다고 하니 거문고를 연주했던 탄금암과 4백 년 수령의 측백나무가 우리의 역사와 선조들의 숨결을 더욱 고귀하게 느껴지게 한다.

'금강산도 식후경'이라고 했던가? 손님에게 한 끼 식사를 대접하는 것은 무엇보다도 중요한 일이다. 그런데 내가 안내하는 곳은 고깃집이나 한정식집이 아니다. 지하철 7호선 광명사거리역 인근에 자리한 광명시장에서 가장 유명한 홍두깨 칼국수다. 먼 길 찾아온 손님에게 어떻게 '칼국수 한 그릇'이라고 누군가는 "그건 좀 약한 거 아냐?"라고 말할 수도 있겠다. 나의 선택에는 나름대로 그럴 만한 이유가 있다. 상대에게 부담도 주지 않고 누구나 즐겨먹는 칼국수이기도 하지만 무엇보다도 전국에서 일곱 번째로 크다는 광명 전통시장을 보여주고 싶은 욕심도 숨어 있다.

시장은 그 도시에 사는 사람들의 문화이고 인정이고 사람 냄새나는 생생한 현장이기 때문이다. 게다가 요즘은 이런 대형 전통시장은 쉽게 접할 수도 없는 만큼 찾아가는 그 자체만으로도 즐거운 여행 기분을 만들어준다. 우리가 해외여행을 가면 그 도시에 있는 명물거리나 전통시장을 둘러보는 것 자체가 하나의 관광코스가 아니던가?

이렇게 세 곳만 들러도 외지에서 찾아온 손님들은 볼거리, 느낄거리, 먹거리 다 알차게 즐겼다면서 "광명이야말로 사람 사는 동네 같다."는 말을 남기고 돌아간다.

얼마 전 남도 지방에 사는 친구로부터 전화가 걸려왔었다. 광명에 산다고 하니 아이가 서울에서 학교를 다니므로 종종 올라온다는 것이다. 한참동안 수다를 떨다가 꼭 한번 만나자고 했다.

"서울에 오면 광명에 꼭 한번 들러. 우리 얼굴 봐야지."

"친구가 서울 시내로 나오면 안 돼?"

"물론 네가 지방에서 올라오니 내가 나가는 게 도리지만 여기에 꼭 와야 할 이유가 있어. 그러니 이리로 와. 후회 안 하게 해줄게."

"그래? 광명에 뭐가 있길래?"

"어머, 네가 모르고 있었구나. 광명동굴 몰라? 광명에 오면 진짜 '광명(光明)'을 찾을 수 있다니까."

엄마를 성장시켜준
세 딸들

'부모에게 자식은 나이 먹지 않는다'고들 한다. 어르신들을 보면 자식의 나이가 60이 넘었는데도 늘 물가에 내놓은 아이처럼 "차 조심해라.", "밥 제때 먹고 다녀라.", "남에게 원한 살 일은 하지 마라." 등등 언제나 염려와 걱정 어린 시선과 말이 이어진다. 살아계셨을 때의 우리 부모님 또한 늘 그러하셨다.

딸이 셋이다. 어느새 쌍둥이는 스물여섯, 막내는 스물셋의 나이가 되어 나의 손길이나 잔소리가 없어도 알아서 각자의 삶을 펼쳐가고 있는 중이다. 물론 나 또한 평범한 여느 부모 중 한 사람이기에 딸들 중 누구 하나라도 어쩌다 귀가 시간이 늦어지거나 감기라도 걸리면 노심초사하는 것은 매한가지다. 다만 내 인생에서의 딸들은 좀 특별한 존재다. 천륜의 의미를 벗어나서 나와 딸들의 상관관계를 따져볼 때에도 그렇다. 아이들은 내 삶을 변화시켰고 또 내 삶을 성장시켜 주었다. 어쩌면 나는 아이들로 인해 내 숨은 잠재력까지 끄집어내 발휘하면서 살고 있다는 느낌을 갖곤 한다.

그 시절엔 조금 늦었다는 말이 나오던 나이 서른이 다 되어 결혼을 했다. 그때만 해도 평범한 공무원의 아내로 아이 둘 낳아 잘 키우며 사는 삶이 되리라고 여겼다. 하지만 예측도 못했던 새로운 인생길이 나타나는 것은 순간이었다. 그것은 바로 쌍둥이를 임신하면서부터다.

임신 중에는 몸이 무거운 것 빼고는 특별히 힘들고 어려운 게 없던 시기였다. 딸 둘이 동시에 태어나면서부터 내 삶은 바둑돌의 색깔이 바뀌는 것만큼이나 극적으로 변했다. 특히 첫 아이들이 걷고 말하고 의사소통이 이루어지기 전까지 3년의 시간은 내 삶에서 최대 위기였고 힘든 시간이었다. 육아로부터 도망치고 싶다는 생각이 들 때가 한두 번이 아니었다.

"어머 공주 쌍둥이니 얼마나 좋겠어요."

"복도 많으셔요. 어떻게 이렇게 예쁜 쌍둥이가 태어났어요."

나름 칭찬과 부러움 섞인 지인들의 좋은 말도 귀에 와닿지 않았다. 집에서 있는 시간도 병원을 가는 시간도 나에게는 삶 자체가 버겁게 느껴지는 시간의 연속이었다. 그나마 집에서야 혼자 참고 버티어 내기도 하고 도우미 아줌마를 불러 쌍둥이의 뒤치다꺼리를 그럭

저럭 할 수 있었다. 하지만 병원을 가거나 다른 외출이 필요한 경우에는 어른 셋 아이 둘 총 다섯 사람이 움직여야 했다. 한 사람이 운전을 하고 두 사람은 각각 아이 하나씩 안고 있어야 했으니까. 그럴 때마다 가까이 사는 언니, 동생에게 긴급 도움을 요청하는 일이 비일비재했고, 아무리 자매라고 할지라도 반복된 부탁은 미안함이 더 커져서 자괴감이 들기도 했다.

막내를 키울 때는 한결 수월했다. 아이들이 셋이지만 쌍둥이가 서너 살이 되면서부터는 오히려 나를 도와주는 일꾼이었다. 아이들은 기저귀를 가져다주고 분유를 탈 때는 분유통을 가져오는 심부름을 할 정도였다.

막내가 기저귀를 떼면서부터 나의 삶은 또 달라졌다. 몸은 한결 편해졌지만 머릿속은 복잡한 함수관계를 풀어야 하는 상황이나 다름없었다. '세 아이들을 어떻게 하면 잘 키울 수 있을까?'에 대해 고민이 컸고 이를 계기로 유아교육에 대한 공부를 하기 시작했다. 보육교사 1급 자격증을 취득했고 어린이집을 8년 동안 운영했다. 우리 아이들은 물론이고 주변 아이들까지 함께 돌봄과 동시에 아이들의 성장과 교육에 도움이 되는 일이기에 즐겁게 빠져들었다.

자원봉사에 눈을 뜨게 한 것도 아이들 덕분이었다. 아이들이 학교에 들어가면서부터 학교 도서관 봉사를 시작으로 학교 학부모활동이 지속됐고 이를 계기로 청소년 봉사에 관심을 가지게 되었다. 청소년 관련 활동은 단지 몸과 시간만으로는 할 수 없는 분야다. 자원봉사활동을 하려면 먼저 관련분야 전문지식과 경험을 축적시키는 게 필수였다.

큰아이들이 중학교에 들어가면서부터 나 또한 대학의 청소년교육학과에 입학하여 청소년지도사 자격증도 취득했고 졸업 후엔 관련 기관에 들어가 청소년심리 진로직업 상담등의 경력을 쌓았다. 이와 병행하여 아이들 학교의 학교폭력자치위원회 위원과 위원장을 맡기도 했고, 광명경찰서 어머니자율방범연합대장, 대한청소년육성회 광명시 지회장은 물론이고 광명시 여성의 전화, 여성단체협의회, 인권센터 등에서도 활동을 하기에 이르렀다.

지금 청소년직업진로체험공동체를 이끌면서 사성작은도서관 관장과 법무부보호관찰 광명지구 협의회 사무총장으로 자원봉사활동을 펼칠 수 있었던 근간이 하나같이 우리 아이들의 육아와 진로 조언을 위한 활동에서 출발했고 그것이 우리 가정을 넘어 학교와 지역사회로 확산된 것이다.

환경이 사람을 만든다는 말이 맞는 것 같다. 우리의 세 아이들이 없었다면 과연 지금 내가 이렇게 지역사회를 위해서 자신있게 나의 재능을 기부하며 자원봉사활동을 펼칠 수 있었을까? 그래서 늘 마음속으로 딸들에게 말하고 있다.

"딸들아! 너희들이 태어나 줘서 고마워. 너희가 오늘의 엄마를 만든 거야."라고.

자율은 자원봉사의
씨앗이 된다

'사랑이 무어냐고 물으신다면

눈물의 씨앗이라고 말하겠어요

먼 훗날 당신이 나를⋯⋯(이하생략)'

- 대중가요 '사랑은 눈물의 씨앗' 가사 중에서

나는 '노래' 하면 고개 먼저 흔들 정도로 음치 수준에 가깝다. 지
난해부터 트롯이 대중가요계의 회오리 바람을 일으키고 있다.

어느 날 우연히 TV에서 10대 소년가수가 이 노래를 부르는데 어

찌나 구성지게 잘 부르던지 내 눈과 마음을 화면 속으로 끌어가버렸다. 나도 모르게 노랫말을 함께 흥얼거렸다.

대중가요에서 '사랑'이란 말이 나오는 것은 흔한 일이다. 우연한 계기에 어느 자료에서 읽은 내용이지만 이 노래의 가사에 얽힌 사연이 참 이색적이면서도 흥미로웠던 기억이 난다. 가사를 쓴 사람은 유명 작곡자 남국인으로 그가 젊은 시절 시골 어느 마을의 담벼락에 붙은 씨앗 판매 광고를 보았는데 그날 낚시를 하면서도 큰 글씨로 적힌 '씨앗'이란 문구가 지워지질 않아 즉석에서 써내려간 가사란다. 훗날 나훈아라는 대가수를 탄생시켰다고 한다.

노래 이야기를 하려는 것은 아니다. 누구나 노래를 들으면 자신의 삶과 연관시켜 생각하기 마련인데, '사랑은 눈물의 씨앗'이라고 한다면 나로서는 자원봉사의 씨앗은 무엇일까 하는 생각을 하면서 나름대로 논리를 펴본다.

단언컨대 나는 '자율은 자원봉사의 씨앗'이라는 말을 하고 싶다. 자원봉사는 누가 시켜서 억지로 이루어지는 것이 아니다. 자율이란 무엇인가? 누구의 지배나 구속을 받지 않고 자기 스스로의 원칙에 따라 어떤 일을 하는 것을 말한다.

우리 가족은 다섯 명이다. 쌍둥이와 나이 터울이 많이 나지 않는 막내가 있다 보니 아이들은 클 때 한꺼번에 우르르 자랐다. 엄마로서 아이들이 유치원 다닐 때부터 인사 잘하기, 정리정돈 잘하기 같은 생활습관을 길러주는 것은 당연한 일인데다 세 살 터울의 고만고

만한 세 아이들이 함께 컸으니 '누가누가 잘 하나' 시합이라도 하듯 아이들의 자율적인 습관이 자연스럽게 길러졌다.

식사를 하고 나면 누구라고 할 것 없이 한 사람은 반드시 주방으로 이동하여 설거지를 한다. 일주일에 한 번씩 아이들은 자기가 당번인 날 현관의 신발정리를 한다. 세탁기는 그때그때 눈에 띄는 사람이 돌리고 세탁 후 빨래를 널 때는 탁탁 잘 털어서 널어놓는 것은 기본이다. 명절이 되면 아침은 막내가 담당하고, 점심 저녁은 쌍둥이 딸들이 한 명씩 담당한다. 적어도 명절만큼이라도 마음속에 있는 어른에 대한 예를 갖춰보자는 마음에서 온가족 합의하에 결정을 했고 변함없이 시행중이다. 또 휴일 역시 가족들이 서로 순번을 정해 식사를 담당한다. 월요일부터 금요일까지 식사를 담당했던 엄마는 제외시킨다. 단 요리할 때 모르는 것이 있어서 어려워하면 종종 흑기사로 나서 도와주곤 한다.

아이들의 자율성을 키워주기 위해 이어온 이 같은 일들은 이제 우리 집의 문화가 됐다. 아이들은 자신들의 공부나 진로 그리고 생활에서 우리 부부의 참견을 듣기보다는 먼저 선택하고 조언을 듣는 편이다. 그다음 결정 또한 스스로 내린다. 중고등학교를 거쳐 대학교를 다니고 취업을 준비하면서 지나온 지난 10년 동안 그들은 자율성을 기반으로 한 자기 인생 개척에 열정적인 모습을 드러냈다. 사회에 대한 관심이나 자원봉사활동 참여 또한 지역활동가인 엄마와는 무관하게 자신들이 각자 알아서 참여하고 활동했다. 나로서는 아이들에게 "이거 해야지.", "저거 해야지." 하며 잡아 끌어당기고 참견하는 일이 없다 보니 나의 생활과 활동을 펼치기가 한결 수월했다.

자율은 스스로 자신의 삶의 주인공이 되게 하는 출발점이 된다. 무엇이 옳고 그르고에 대한 판단으로 자신의 결정을 이끌어낸다. 철학자 칸트의 윤리학 관점에서 본다면 자율은 스스로의 의지로 객관적인 도덕 법칙을 이에 따르는 것이다. 그러니 자율적인 생활습관을 스스로 길들인 사람이라면 자원봉사자로 나설 때 이미 기본기를 갖춘 것이나 다름없는 셈이다.

내 기준만
옳은 것은 아니다

지인을 통해 한번은 에세이 작가를 만난 적이 있다. 그가 물었다. 다양한 지역사회활동을 하려면 늘 바쁘게 움직여야 하는데 힘들지 않겠냐고. 순간 나는 늘 자신있게 해오던 말이 자연스럽게 입에서 튀어나왔다

"다 함께 더불어 사는 세상을 만들어가는 것이 즐거움이고 그게 저의 행복이거든요."

상대는 말꼬리를 잡고 다시 물었다. 많은 사람들을 만나고 사람들과의 의견 대립도 생길 수 있을 텐데 의견이나 생각으로 부딪히지 않고 잘 어울릴 수 있는 비결이 무엇이냐고. 마치 인터뷰를 하는 것

처럼 질문하는 그에게 나는 자신있게 그리고 당당하게 말했다. 마치 나의 소신을 강력하게 피력하는 인터뷰이가 된 것처럼.

"아집을 버리는 거죠. 어느 집단이든 그곳에서 나를 세상의 중심으로 삼으면 문제가 생기죠. 그래서 제 의견을 제시할 때만이 아니라 사소한 일일지라도 말에 신중을 기하는 편입니다. 나 중심적인 입장은 배제하고 상대 입장에서 또는 전체를 생각하려고 하는 편이죠."

쉽지 않은 일인데 대단한 결심이라고 추켜세웠다. 사실 내가 아집, 즉 내 생각, 내 기준으로 어떤 상황을 판단하고 그에 따라 움직이는 것이 매우 위험하다는 깨달음을 얻은 것은 30대 시절이었다.

쌍둥이 딸들이 네 살 때쯤이었던 것 같다. 집에서 뭔가를 만들기 위해 글루건을 사용하던 날이었다. 아이들에게는 엄마가 만들기를 하니까 가까이 오지 말고 방에서 동화책을 보라고 해놓고 열심히 내 일에 집중했다. 만들기를 마무리하고 사용하던 글루건의 열이 식지 않은 이유로 식탁 위 가장자리에 올려 놓았다. 아이들의 키보다는 높은 위치이니 안전할 것이라는 생각에서였다. 그건 나만의 착각이었다.

어린 아이들의 호기심이란 어른들로서는 가히 상상도 할 수 없을 만큼 많다. 자신들의 눈에 들어오는 세상 모든 게 그저 궁금할 따름인 것이다. 그러니 가까이 가서 쳐다보고 만져보고 잡아보기 마련이다. 잠시 안방에 들어간 사이에 아이 울음소리가 들리고 뭔가가 떨어지는 소리가 났다. 거실로 달려나가 보니 아이가 넘어져서 울고 있었고 글루건이 바닥으로 떨어져 있었다. 순간 나는 아이의 얼굴을 먼저 보았다. 다행이었다. 얼굴을 다치지는 않았던 것이다. 아이는 식탁에 손을 올려놓고 발 뒷꿈치를 들어 가까스로 식탁 위 글루건을 잡았으나 균형을 잡지 못해 넘어지고 만 것이다.

그날 오후 내내 나는 많은 생각을 했다. 만의 하나 글루건의 앞부분이 얼굴에 닿았다면 그야말로 치명적인 사고가 일어났을 것이다. 더욱이 눈에 닿았다면 그것은 정말이지 상상조차 할 수 없는 대형 사고로 이어졌을 것이다. 아이들이 식탁보다도 키가 작은 때였으니 마냥 안전할 거라고 믿었던 생각과 그래서 그곳에 위험한 물건을 올려놓은 것은 순전히 나의 기준이었을 뿐이다. 함께 생활하는 아이들의 입장에서 판단했더라면 위험한 물건은 아예 눈에 띄지 않는 곳에 놓았어야 옳았던 것이다. 어찌 보면 이런 경험은 아이들을 키우면서 경험할 수 있는 사소한 일로 치부할 수도 있겠지만 상황을 보다 확대시켜놓고 보면 우리의 삶에서 내 기준으로 정한 생각과 행동은 결코 지혜로운 결과를 낳을 수 없다는 것을 말해 준다.

대화를 하거나 행동을 할 때 매사에 신중을 기해야 하는 것은 당연한 일이다. 인간관계의 시작은 대화와 에티켓이 아닌가. 이를 모르는 사람이 없건만 사람들은 누군가를 만나고 나서 그 사람에 대한 이미지나 인상을 자신도 모르는 사이에 머리에 각인시키곤 한다. A, B, C, D 등 만난 사람마다 그들의 성격이나 장단점, 그리고 태도와 인간성에 대한 많은 것들을.

만일 누군가가 나를 만난 후 뒤돌아서서 "그 사람 자기 입장에서만 말을 하네, 매우 일방적이었어."라거나 "말을 함부로 하더라구. 나에게는 그 말이 얼마나 상처가 되는 줄도 모르는 걸까?"라는 생각을 갖는다면 이는 엄청난 실수이고 잘못이고 인간관계의 단절로 이어질 수밖에 없는 일이다. 더욱이 많은 사람들과 단체활동을 하는 나로서는 그들에게 '비호감 인물'이 되는 것이니 더더욱 조심해야 할 일 아닌가.

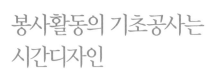

봉사활동의 기초공사는
시간디자인

"관장님 하루는 48시간인가요? 저는 살림하면서 일주일에 세 시간 하는 자원봉사 활동만으로도 벅찬데……."

함께 하는 활동가들이나 지인들로부터 종종 이런 말을 듣는다. 누군가는 건강 잘 챙겨가며 움직이라고 걱정도 해주고, 또 누군가는 좋은 일 하는 것도 좋지만 취미나 휴식을 통해 온전하게 자신이 누려야 할 시간도 가져야 한다고 신경을 써주기도 한다. 그럴 때마다 나를 아껴주고 생각해 주는 그들에게 감사해한다. 그런 가운데 마음 한 켠에서는 '지역사회 구석구석 들여다보고 챙기느라 바쁜 것은 사실이지만 누군가는 해야 할 일이니까, 그 일이 누군가에겐 도움이 되니까, 그리고 내가 만족하는 일이니까'라는 다짐 같은 결론을 내리곤 한다.

이제 한창 자신들의 인생을 펼칠 준비를 하는 20대 중반의 세 딸이 있고 제시간에 출퇴근하는 남편이 있다. 다섯 식구이다 보니 1인 가구 2인 가구가 대세인 요즘 세상에는 이마저도 나름 대가족이다. 집안 살림살이를 책임져야 하는 나로서는 그만큼 해야 할 일이 많다. 가족들의 식사, 청소, 세탁만 챙겨도 낮 시간의 절반은 훌쩍 지나가기 마련이다. 물론 가족들이 순번을 정해 각자 책임지는 집안일도 여러 가지가 있지만 그래도 눈으로 보면 그냥 넘어가지 못하는 성격이다 보니 찾아서 하는 일도 많다. 그러니 오후 시간 잠깐 한두 시간 나만의 취미생활을 찾는다면 하루가 그냥 지나갈 일이다.

나는 지금 직업진로체험공동체 대표로서 이를 전적으로 이끌고, 사성작은도서관 관장으로 운영을 책임지고 있다. 또 법무부 보호관찰 광명지구협의회 사무총장직도 맡고 있다. 여기에 이런저런 지역 사회 위원이나 회원 또는 리더로 활동하는 일들이 열두 가지도 넘는다. 그러니 주변에서 응원도 해주지만 한편으로는 대체 시간이 얼마나 많길래 저렇게 다양한 활동을 하는지 궁금해할 만도 하다. 모르긴 해도 나를 잘 모르는 누군가는 '감투만 쓰고 있는 거 아냐?', '무늬만 그런 거 아냐?' 하는 의문을 가질 수도 있을 것 같다.

사회 활동가들의 성향이 대부분 매사에 긍정적이고 적극적이듯이 나 또한 마찬가지다. 하지만 무엇이든 하고자 마음먹고 달려들 때는

'하려면 제대로 해야 한다'는 나름 독한 구석이 있다. 그래서인지 매사에 지금 나에게 부여된 역할에서 대충대충이란 통하지 않는다. 지역사회에서 자원봉사 하면서 박수는 받지 못할망정 적어도 흉은 잡히지 말아야 한다는 생각이다. 그러기에 책임감 또한 강할 수밖에 없다.

매일같이 적어도 하루 서너 시간은 작은도서관에 있어야 하고 또 평일 하루 두세 시간과 주말은 직업진로체험공동체 운영에 필요한 준비와 실행에 나서야 한다. 보호관찰 협의회의 크고 작은 모든 일에 관여해야 하는 사무총장인 만큼 이 또한 시간을 적잖게 쏟아야 한다. 이외의 다양한 지역단체활동은 한 달에 한두 번씩 돌아오지만 일일이 참여해야 한다. 어쩌면 주변에서 하루가 48시간이냐고 묻는 게 당연한 일인지도 모른다.

그렇다. 하루 24시간은 누구에게나 공평하게 똑같이 주어진 시간이다. 정해진 시간 안에 많은 활동을 하기 위한 방법은 하나 밖에 없다. 시간 쪼개기다. 매일매일 시간을 쪼개서 시간설계를 하지 않으면 안 된다. 거꾸로 말하면 내 개인적인 시간은 최소화시키고 날마다 반드시 해야 할 집안일은 빠르게 처리해야 한다. 그리고 가족과 함께하는 시간 외에는 이렇다 할 휴식시간이 거의 없다. 이렇게 시간을 디자인하여 시간을 벌고 그 시간을 지역사회 활동에 사용하는 중이다.

유럽 속담에 '짬을 이용하지 못하는 사람은 항상 짬이 없다'는 말이 있다. 그래서일까? '파우스트'의 작가 괴테는 "시간을 단축시키는 것은 활동이요, 시간을 견디지 못하게 하는 것은 안일함이다."

라고 말했다.

하루 중 가장 빨리 지나가는 시간은 아침이다. 아침 6시에 일어나서 밖으로 나가는 9시 전까지의 세 시간은 단 1분도 허투루 사용할 여유가 없다. 내가 해야 할 일을 해놓아야만 외부활동을 내 맘껏 해도 가족들로부터 걱정의 소리를 듣지 않을 테니까. 반찬 한두 가지를 만들더라도 정성껏 내 손으로 직접 만들어 함께 먹는 것을 고집하는 편이기에 나름 부지런을 떨며 산다.

단 바쁘다는 핑계로 늦게까지 외부활동에 빠져 살지는 않는다. 지역사회 봉사활동도 우리 가정이 안정되고 화목할 때 지속적으로 이어지고 효과를 발휘한다는 게 나의 지론이다. 밖에서 아무리 잘 해도 근간이 되는 집안이 불안하면 사람이 휩쓸리기 마련이기에 저녁시간은 늘 가족과 함께 보내는 것이 원칙이다. 아마도 우리 가족들이 되레 바쁘게 활동하는 엄마와 아내를 어떻게 해서라도 도와주려고 하는 이유도 이토록 시간을 쪼개어 가면서 원하는 활동에 열정을 쏟는 나의 이런 면면 때문이 아닐까 싶다.

세상에는 자기 시간을 사업이나 직업활동이 아닌 사회활동에 쏟는 이들이 부지기수다. 재능기부나 봉사활동에 참여하는 사람들, 공공의 발전과 건강한 사회를 만들고자 다양한 활동에 참여하는 이들의 시간에 대한 관념도 아마 나와 같은 입장이 아닐까 싶다. 그들 또한 주어진 시간은 하루 24시간일 테니까

"나이 들면서 재능기부도 하고 봉사활동도 하면서 살고 싶은데

나는 시간이 없어. 왜 그렇게 바쁜지 몰라.”

　저마다 처한 입장과 상황은 제 각각 다르다. 충분히 이해가 가고도 남는다. 다만 진심으로 지역사회 발전에 자신의 재능기부나 봉사 활동을 하고 싶은 사람이라면 그들에게 꼭 해주고 싶은 말이 있다.

　“시간을 한번 쪼개서 하루 24시간을 빈틈없이 디자인해 보세요. 나누어 계획하면 충분히 만들어진답니다.”

작은 도서관!
이해와 배려를 품다

'사성작은도서관 관장'. 이 타이틀은 그저 내가 하는 일에 대한 의미를 부여하는 안내판일 뿐 특별한 자리도 아니고 명예나 보수와는 전혀 무관한 무보수 봉사직이다. 단지 책이 좋아서, 책을 많이 읽고 싶어서 지원하게 된 자리일 뿐이다.

많은 이들이 그러하듯이 나 또한 어린 시절부터 책을 좋아했다. 학문을 위한 책을 파고들기보다는 시집과 에세이, 유명 인물의 평전 같은 책들에 관심이 많았다. 하지만 결혼, 출산, 육아 시간을 거치면서 책과는 멀어지는 듯했다. 쌍둥이 딸들이 광명북초등학교에 입학하면서 다시 책과 만나는 기회를 잡았다. 학교 도서관 어머니 자원봉사자가 됐다. 1주일에 한 번씩 책을 만지고 관리하고 읽을 수 있으니 이건 봉사가 아니라 오히려 행운이었던 셈이다.

손에 잡히는 대로 다시 책을 읽기 시작했다. 그즈음 나는 책을 읽으면 나도 모르게 마음이 든든해진다는 것을 느꼈다. 통장에 돈이 들어오는 것보다도 책 한 권 한 권 읽을수록 내 마음 또한 책을 양식으로 삼아 커져만 갔다. 아이들이 초등학교를 다니는 6년 동안 내내 독서를 즐겼다. 그 후로는 당시 활동에 맞춰서 청소년 상담이나 진로 관련 책들을 자연스럽게 접하게 되었다.

사람에게는 그 사람이 처한 환경과 분위기가 중요하다는 말이 맞는 것 같다. 아이들이 대학교를 들어가고 나 또한 한동안 해오던 공부를 멈추다 보니 다시 또 책과 멀어져가는 분위기였다. 그때 마침 만나게 된 곳이 바로 사성작은도서관이었다. 독서에 목마른 터였으니 자원봉사자로 참여하겠다는 생각이었는데 운영 전반을 책임지는 '관장'이라는 무거운 짐을 지게 됐다.

'작은도서관'은 말 그대로 동네 사랑방과 같은 작은 도서관이다. 아침에 학교에 아이들을 등교시킨 엄마들은 도서관 내 작은 테이블에 앉아서 커피 마시며 대화도 나누고 아이들이 읽을 만한 도서도 빌려간다. 지역주민들은 누구나 방문해서 책도 읽고 1인 기준 2주 동안 5권을 대여할 수도 있다. 시즌별로 단기 문화 프로그램을 유치하여 주민들의 여가와 취미활동의 장도 마련하고 방학시즌에는 청소년들이 참여할 수 있는 특별한 자원봉사 프로그램도 운영하곤 한다.

마을의 문화공간이다 보니 상근 직원은 단 한 명도 없다. 관장과 자원봉사자들의 봉사활동으로 운영된다. 마을 주민들 모두가 이 도서관의 주인이자 이용자이고 또 봉사활동과 프로그램 참여의 주체인 셈이다. 매우 바람직한 지역공동체인 것은 분명하다. 다만 이곳을 총괄 운영하는 관장인 나로서는 책임감이 막중하다. 아이부터 어르신까지 동네 사람들이 다 찾는 공간인 만큼 즐거운 일도 있지만 때로는 애로점도 발생한다. 가장 난감할 때는 다름 아닌 주민들이 찾는 도서가 없을 경우다.

규모가 큰 도서관이 아니다. 그러니 없는 책도 많다. 신간이어서 입고되지 않았거나 이미 출간된 책일지라도 없는 도서가 다수 있기 마련이다. 때문에 주민들로부터 희망도서 제목을 받아 리스트를 만들어 놓았다가 3개월에 한 번씩 정기적으로 책을 구입하곤 한다.

사람이 모이는 곳은 어디든지 불편한 일도 생기고 또 그런 것들을 개선해 가면서 보다 좋은 환경의 공간으로 발전하기 마련이다. 사성 작은도서관에서 빈번하게 발생하는 문제는 찾고자 하는 책의 행방을 알 수 없는 일이다. 도서관 자체 목록에는 책이 있는데 서고의 책장에는 책이 없는 경우다. 엄밀히 말하면 없는 게 아니라 찾지 못하는 경우가 비일비재하다. 우선 당장 자신이 찾고자 하는 사람은 책이 없으면 '왜?'라는 말이 먼저 나오기 마련이다. 게다가 성격도 다 제각각이니 마음이 급한 사람들은 불만과 짜증을 표출하기도 한다.

우리 도서관은 열린 도서관이다. 도서관이라기보단 사랑방처럼 누구나 들어와서 원하는 책을 빼어 중앙에 놓인 테이블에 펼쳐놓고 읽다가 갈 수 있는 곳이다. 문제의 원인은 여기부터 시작된다. 자신이 읽은 책을 분류기호 순서대로 꽂혀 있던 자리에 다시 꽂아두면 문제가 발생하지 않는다. 하지만 다수가 이용하다 보니 자신이 책을 빼낸 곳을 찾아 다시 끼워 넣지 않거나 다른 책장에 꽂아두는 일이 자주 있다.

도서관은 하루 3명의 자원봉사자들이 3시간 단위로 교대근무를 한다. 이 때문에 방문객들의 도서 관리가 완벽하게 이루어지기란 쉽지 않은 상황이다. 근무자 한 사람이 이용객들의 동선을 마치 감시하듯이 일일이 체크할 수도 없는 일이다. 하지만 도서관을 이용하는 주민들 입장에서는 이같은 내부 속사정을 알 리 만무하다. 그러니 종종 주민들로부터 민원이 제기되곤 한다.

나는 매일같이 하루 서너 시간은 도서관에서 보낸다. 운영 전반에 걸쳐 관리를 해야 하는 입장이고 보니 나름 할 일들이 적지 않다. 하루는 업무를 보고 있는데 60대 남성분이 화가 난 큰 목소리로 자원봉사 근무자에게 따지듯 말했다.

"여기에 그 책이 있는 것으로 알고 있는데 왜 지금 대여가 안됩니까? 다른 사람이 빌려가지도 않았다면서요? 도서관이 뭐 이렇게 주먹구구식입니까? 이러려면 왜 도서관을 운영합니까?"

자원봉사 근무자로서는 난감하고 당황스러울 수밖에 없다. 작은 도서관 안은 갑자기 찬물을 끼얹은 듯 분위기가 썰렁해졌다. 자기 시간 쪼개서 마을을 위해 봉사활동을 하는 당사자로서는 자칫 자괴감이 들 수도 있다. 좋은 일 하면서 욕 얻어 먹는 상황이니 누구인들 속상한 일이 아니겠는가?

이쯤 되면 내가 나설 수밖에 없다. 민원을 제기한 그분을 일단 자리에 앉게 하고 도서관 운영시스템에 대해 하나부터 열까지 차근차근 설명을 해주었다. 특히 책이 목록에는 있는데 왜 서고에서는 쉽게 찾을 수 없는지에 대한 애로사항을 상대가 이해하기 쉽게 말했다. 그리고 무엇보다도 관장인 나를 비롯해 근무자 모두는 마을을 위해 자원봉사를 하는 분들이니 도서관에 대해 부족한 점이나 아쉬운 점이 있더라도 이해를 구한다며 자원봉사자들의 입장을 배려해 달라고 부탁했다. 그제서야 상대는 자신이 화를 낸 것에 대해 무안해하는 모습을 보였다.

불편하거나 화가 나는 상황에서는 대부분의 사람들이 자기 입장에서 생각하고 말하기가 쉽다. 어떤 상황에서든 타인의 입장을 먼저 생각하고 배려한다면 더할 나위 없이 좋은 일이지만 인간은 감정의 동물이다 보니 알면서도 실천하기가 힘든 게 아닌가 싶다. 나또한 살면서 타인보다는 나 먼저 생각하고 행동한 일이 없겠는가. 화를 냈던 주민의 입장도 충분히 이해가 되는 일이다. 하지만 그분이 자원봉사 근무자의 입장이 되어 본 적이 있었다면 분위기는 또달라졌을 일이다.

위기는 기회라고 했던가. 그날 나는 잠시 가라앉았던 분위기도 전환시킬 겸 그분에게 밝은 목소리로 이런 제안을 했다.

"선생님! 시간적으로 여유가 있으시면 저희 도서관에서 자원봉사로 활동을 해보시면 어떨까요? 책을 좋아하시면 책도 많이 읽을 수 있고 마을 주민들과도 소통하는 아주 좋은 공간이거든요. 당장 결정하기는 힘드시겠지만 참여하고 싶은 마음이 있으면 알려주세요. 언제든지 환영합니다."

책은 사람을
만든다

'사람은 책을 만들고 책은 사람을 만든다'

언제부터인가 도서관을 비롯한 공공건물에서 현수막이나 스티커로 자주 접하는 유명한 문장이다. 읽고 또 읽고 음미해 보아도 참으로 명언이 아닐 수 없다. 책이 사람을 만든다는 말의 의미와 깊이를 굳이 거론하지 않더라도 우리의 삶에 있어서 책은 스승이자 인생 나침반 같은 역할을 한다. 어디 그뿐인가. 시간을 유익하게 보내는 것 중 하나를 꼽으라면 다수의 사람들이 독서를 거론한다.

사성작은도서관에 몸담으면서 내가 보람을 찾는 몇 가지 중 하나를 꼽는다면 다름 아닌 학생들과 지역 어르신들의 마음과 마음을 하나로 잇는 일이다. 물론 도서관의 가장 중요한 역할은 독서와 책 대여이지만 지역사회의 문화거점으로서 할 수 있는 일들은 다양하다. 그중 학생들로 하여금 재능기부를 통한 자원봉사를 실천할 수 있도록 한 것은 우리 도서관의 자랑거리가 됐다.

지난 몇 년 동안 해마다 방학기간이 되면 평소 도서관을 이용하는 중고생들을 대상으로 자원봉사 프로그램을 계획하여 운영해 왔다. 지역사회 내에서 자원봉사 활동을 희망하는 학생들을 대상으로 관내 어르신들이 계신 노인정과 연계하여 학생들이 재능기부를 펼칠 수 있도록 하는 1주일 과정의 프로그램이다.

지금까지 여러 차례 실시한 환경판 개선작업의 경우 참여 학생들이 저마다 아이디어를 발휘하고 감성을 끄집어내어 노인정 벽에 걸린 환경판을 교체해 주는 작업이다. 직접 그리고 오리고 붙이고 만든 환경판을 경로당에 걸어놓을 때 학생들도 노인정 어르신들도 함께 웃고 흡족해한다. 프로그램을 이끌면서 우리는 누가 더 잘 만들고 누구의 작품이 더 특별하고 이런 것에 주목하지 않는다. 재능기부활동 그 자체에 주목하고 어르신들과의 만남과 소통에 더 큰 가치를 부여한다.

핵가족화 시대로 인해 2대가 사는 가정이 주류를 이루는 게 현실이다. 손자 손녀뻘 되는 10대 청소년들이 마을의 어르신들이 계신 공간에 자신이 가진 재능을 발휘하여 도움을 드린다는 점에서 참여한 학생들에게는 경로사상과 이웃사랑을 느끼고 더불어 함께 사는 세상의 의미를 배우게 되는 일이다. 또 어르신들 입장에서는 10대 청소년들이 정성들여 만든 환경판을 매일같이 들여다보면서 흐뭇해하고 학생들이 찾아가 대화를 나누고 함께 시간을 보내는 속에서 가족 같은 삶의 향기를 맡게 되는 것이다.

자원봉사 프로그램에 참여하는 청소년들에게 늘 강조하는 게 있다. 재능기부라고 해서 특별한 것이 아니라는 것. 누구든지 자신이 할 수 있는 일들을 지역사회와 나눌 수 있다면 그게 바로 재능기부라고 말한다. 청소년들에게 이 같은 의식을 심어주고자 우리 도서관에서 만든 지역 어르신들을 위한 활동으로 연계시킨 자원봉사 프로그램 중에는 '휴대폰 사용법 알려드리기'도 있다.

현대인들에게는 필수품이 되어버린 스마트폰. 휴대폰 활용이 일상 생활화된 10대들로서는 굳이 누군가 가르쳐주지 않아도 사용방법을 너무도 잘 알고 있다. 그들에게는 그것이 특별한 재능이 아니지만 어르신들에게는 다르다. 50대인 나 역시 새로운 기종의 스마트폰을 접하면 초기에는 딸들의 도움이 필수다. 그러니 어르신들 입장에서는 학생들이 직접 노인정에 찾아가 어르신들에게 일일이 스마트폰 활용방법을 알려드리는 것을 적극 환영하는 입장이다. 문자 주고 받기, 사진이나 동영상 촬영하기, 스팸문자나 전화 구분하기 등등 학생들이 노인정으로 어르신들을 찾아가 일대일로 가르쳐드리는 모습은 보는 것 그 자체만으로도 아름다운 순간이다.

자원봉사는 누구나 할 수 있다. 다만 재능을 기부하는 일이든 단순히 몸을 움직여서 하는 봉사활동이든 가장 중요한 것은 참여하는 대상자들의 자세다. '이왕이면 다홍치마'라는 말처럼 다양한 능력을 지닌 이들이 더 많이 참여하면 그 영역과 성과 또한 다양하고 보다 효과적일 것이다. 그러나 누군가에게 도움을 주고자 할 때는 먼저 봉사에 대한 마인드와 기본자세를 갖추는 것이 중요하다. 봉사활동은 몸으로 움직이는 일이 대부분이지만 그에 앞서 당사자의 마음이 먼저 움직여야 하는 일이다.

도서관에서 자원봉사프로그램을 시작할 때마다 먼저 오리엔테이션을 실시하는데 이때 대상 청소년들에게 꼭 하는 말이 있다.

"여러분들 개개인의 능력은 중요하지 않은 것 같아요. 먼저 여러분들의 마음속에 봉사에 임하는 자세가 필요합니다. 일주일 동안 지속해서 이 프로그램에 성실하게 참여할 자신이 없는 사람은 처음부터 참여하지 않는 게 좋습니다. 그러니 자신이 없는 사람은 지금이라도 솔직하게 말하는 게 좋겠죠?"

중고등학생들은 학교에서 자원봉사 활동을 하도록 되어 있다. 누구에게나 필수적으로 요구되는 게 현실이다. 그러다 보니 학생들 중에는 활동 자체에 대한 관심이나 열성은 없으면서 봉사시간을 위해서 참여하려는 아이들도 있기 마련이다. 매사에 대충대충은 허락하지 않는 나로서는 그런 학생들을 적당히 눈감아주면서 넘어가지 못한다. 활동 참여기간에 30분 지각을 하면 그 30분을 도서관 책 정리 활동 등으로라도 마칠 수 있도록 한다.

10대 청소년들은 자원봉사활동을 통해 누군가에게 도움을 주는 것도 의미있고 소중한 일이지만 각자 삶의 기본자세를 배울 수 있는 기회라고 생각한다. 아이들이 커서 어른이 되고 우리 사회의 미래를 이끌어가게 된다. 그들이 사회에 나가 각자 자신의 삶을 어떻게 성공적으로 이끌어갈 것인지는 중요한 일이지만 그보다 먼저 사람과 세상과 일을 대하는 자세야말로 더 중요하다.

지금 우리 도서관은 도서관의 역할이 단지 책으로만 사람을 만나는 곳이 아니라는 것을 학생들에게 심어주고 있는 중이다. 훗날 그들이 어른이 되어 인생을 펼쳐나갈 때 '학창시절 도서관에서 자원봉사활동을 할 때 내 마음가짐은 이러했다'는 것을 되새길 수 있었으면 하는 바람이다.

책 냄새, 사람 냄새,
그리고 미소

처음엔 단지 책이 너무 좋아서 무작정 뛰어들었다. 도서관을 어떻게 활성화시키고 이끌어가겠다는 구체적인 계획을 세워볼 틈도 없이 '관장'이라는 자리에 덥석 앉게 되었지만 역시 책은 사람을 키워주는 특별한 힘을 가졌다는 것을 새삼 느끼면서 지금은 사성작은도서관 관장이 된 것은 참 잘한 선택이었다는 생각이 든다. 이곳에서는 책 냄새만이 아니라 사람 냄새를 느낄 수 있고, 그 사람 냄새는 향기로운 광명사람들을 늘려나가는 일이라는 것을 실감하기 때문이다.

작은도서관에서는 지역주민들을 위한 다양한 문화교양프로그램을 운영한다. 유리공예, 생활 소품 만들기, 에코백 만들기, 시 창작

등과 같은 프로그램들을 기획하고 전문 강사들을 초빙하여 단기과정으로 운영되곤 한다. 1년에 몇 번 규정에 맞춰서 하는 프로그램은 아니다. 작은도서관의 특성상 프로그램 운영비용은 광명 시립도서관과 지자체 기관들의 지원으로 충당되므로 해마다 다를 수밖에 없다.

프로그램은 전문강사들의 출강 지도로 진행된다. 보통 주 1회씩 8회, 10회 식으로 길진 않지만 프로그램 하나를 기획하여 개강하고 이를 마칠 때까지 나름 긴장되고 분주한 시간을 보내야 한다. 보통 20명 안팎의 회원이 모집되어야 하고 그들이 강사와 호흡을 맞춰가며 회원들이 기대했던 소기의 성과와 만족을 얻게 해주려면 관장인 나의 세심한 관리와 책임이 필수다. 하지만 프로그램이 진행되는 내내 참여 회원들끼리 서로를 알고 이해하고 협력하며 가까워지는 모습을 볼 때마다 뿌듯해지고, 그리고 종강을 맞이할 때 그들의 얼굴에서 뿌듯함과 아쉬움이 교차되고 있다는 것이 가슴에 와 닿는다. 그러니 이 얼마나 보람되고 행복한 일인가. 돈으로는 살 수 없는 진정한 기쁨이고 만족이다.

2년 전이었던 것 같다. 아직도 내 가슴에 새겨진 모녀의 미소를 잊을 수가 없다. '에코백 만들기' 프로그램을 진행하고자 회원들을 모집했고 늘 새로운 프로그램을 열 때마다 시민들의 참여도가 높아 이때 역시 20명의 회원 모집이 조기에 마감됐다. 프로그램 진행을 하루 앞두고 한 주민이 찾아왔다. 그분은 휠체어를 타고 왔는데 건강이 좋지 않은 듯했다.

"관장님! 이번에 개강하는 에코백 만들기에 참여하고 싶은데 모집이 끝났다고 들었어요. 며칠 전 문의했더니 담당선생님이 안 된다고 해서 이렇게 다시 관장님을 찾아왔습니다."

"그러셨군요. 저희 교육은 사설학원 같은 교육기관 하고는 성격이 달라서 인원을 정확하게 준수해야 하거든요. 이미 재료 구입 신청도 마감한 상태이고 해서 어렵거든요. 어쩌죠?"

하지만 그분은 간절함이 묻어나는 목소리로 다시 말했다.

"관장님! 사실은 제가 암투병 환자입니다. 현재 치료중인데 이번 프로그램에 딸과 함께 꼭 참여하고 싶어요. 비록 제가 몸은 불편하지만 정말 후회 없는 삶을 살고 싶거든요. 방법이 없을까요?"

이 말을 듣는 순간 무언가 내 가슴을 때리는 듯한 충격과 마음의 동요가 동시에 일어났다. 환자가 아닌가. 게다가 딸과의 소중한 추억을 만들고자 한다는데 기회를 만들어주는 게 사람의 도리라는 생각이 들었다.

일단 그분의 요청을 받아들이기로 하고 강사에게 자세하게 사정을 설명하면서 양해를 구했다. 그리고 재료구입비는 내가 사비로 대신 처리하기로 했다. 모녀는 교육 내내 한 번도 결석하지 않고 참여했다. 회원들과도 즐겁게 인사하고 대화를 나누며 강사의 지도에 적극 따라주면서 가방을 만들었다. 딸과 엄마가 나란히 앉아서 소곤소곤 대화도 나누며 작업을 하는 모습은 지켜 보는 것 그 자체만으로도 훈훈한 감동을 자아냈다.

마지막 수업 시 회원들은 저마다 원하는 색상과 무늬를 넣은 에코백을 완성했고 사진 촬영을 하며 즐거운 시간을 가졌다. 모녀 역시 이 회원 저 회원들과 여러 장의 사진을 찍었다. 특히 모녀가 자신들이 만든 가방을 앞으로 보여주면서 사진을 찍을 때는 모든 사람들이 큰 박수를 보내면서 "화이팅!", "건강하세요.", "행복하세요."를 외쳐주었다. 그 모습을 지켜보는 나 또한 마치 내가 모녀의 입장이 된 것만큼이나 뿌듯하고 행복했다.

그날 모녀는 돌아가면서 다시 한번 나에게 감사하다는 인사를 하면서 얼굴 가득 미소를 뿜어냈다. 우리 도서관에서 진행한 프로그램이 이렇게 큰 즐거움과 행복을 지역 주민들에게 안겨준다는 사실에 그 어느 때보다도 큰 보람을 느낄 수 있었다.

집으로 돌아오면서 내 가슴과 머릿속엔 두 사람의 모습이 자꾸만 떠올랐다. 암투병 환자가 딸과 함께 에코백 만들기를 실행으로 옮기고 멋진 마무리를 지었다는 사실과 소녀처럼 웃던 그녀의 맑고 행복한 얼굴이. 또 그녀가 꼭 해보고 싶었던 일, 즉 버킷리스트 하나를 이루는 일에 작으나마 나의 역할을 보탤 수 있었음에 감사했다. 그 순간 나는 한 사람의 얼굴을 그리기 시작했다. 10년도 더 전에 떠난 고운 당신, 바로 내 어머니의 얼굴을.

그 후로도 한동안 나에게는 아쉬움과 미련이 머리와 가슴속에서 사라지질 않았다. 나도 우리 엄마가 살아계셨다면 그런 추억을 함께 만들 수 있었을 텐데, 뭐든지 함께 했던 추억을 더 많이 만들어 놓았더라면 좋았을 걸…….

마음만은 변치 않길
소망한다

'초심을 잃지 말자. 귀가 얇아지면 흔들린다. 아무리 돈이 되는 일이 있어도 한길만 묵묵히 걸어가자. 장갑 끼고 20년 전 임대공장 벽에 페인트를 칠하던 그 시절 가졌던 마음을 지키자고 수없이 다짐했습니다.'

평소 잡지를 자주 보는 편은 아니다. 우연히 가족들 중 누군가가 집에 가져와 거실 테이블에 올려놓은 잡지를 뒤적이는데 한 중소기업 CEO의 기사가 눈에 들어왔다. 대충 훑어보는데 유독 동공을 크게 만드는 문장이 있었다. 사업이 좀 되는가 싶으면 본래 가고자 했던 분야에서 장인정신을 발휘하기보다는 당장 돈 되는 사업에 기웃

거리다가 이도 저도 안 되는 경우가 많은데 주인공은 오로지 한 길만 달려왔기에 이제는 해외 수출시장에서도 자체 브랜드를 단 제품으로 탄탄한 성장을 일구었다는 얘기였다. 그리고 자신을 지켜준 게 바로 '초심을 잃지 말자' 이 다짐이었단다. 또 그런 강직한 마인드 때문에 거래처들의 신뢰도 깊어 사업에 도움이 되었다고 했다.

'초심'! 나에게도 이 두 글자는 늘 큰 힘이자 소신이나 다름없다. 단체활동을 하며 만나는 많은 사람들은 물론이고 생활 속에서 수많은 사람들과 거미줄처럼 엮어진 인연의 사슬로 인간관계가 이어지는 과정에서 처음에 만났을 때 가졌던 그 마음 그대로 변함없이 이어가는 것이야말로 소중하고 꼭 필요한 것이기 때문이다.

사람 만나는 것을 좋아하고 직선적인 성격의 소유자인 나는 웬만해서는 사람들과의 만남에 거리낌이 없다. 내가 솔직하고 내가 당당하다면 그 누구를 만나도 가슴을 활짝 열고 소통할 수 있으며 그 속에서 푸근한 정과 인간애를 느끼며 사는 게 인생이고 참된 인연이라는 생각을 갖고 있기 때문이다. 이런 성격상의 장점은 많은 이들과 함께 뜻을 하나로 모아서 실천하는 다양한 지역사회활동을 가능하게 하고 늘 '인망(人望)'이 있다는 소리를 듣게 해준다. 그 중심에는 항상 그들과 만나서 서로의 마음을 주고받으며 오랜 인연으로 이어가자는 무언의 약속, 즉 변치 않는 초심이 자리하고 있다.

많은 사람들이 말하기를 나는 언제나 늘 똑같은 스타일이란다. 적극적이고 잘 웃고 잘 어울리는 모습이 보기 좋고 무슨 일이 생겨도

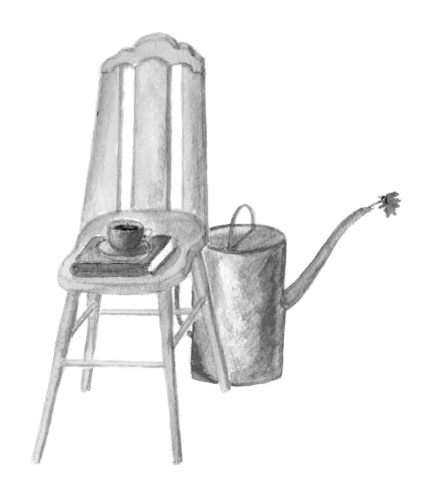

자신의 편이 되어줄 한 사람으로 느껴진단다. 나로서는 되레 그들이 나를 한결같은 마음을 유지하도록 지켜주는 인연이라는 생각에 감사하고 또 행여라도 마음 다치는 일 없도록 하려고 말 한마디라도 조심하고 신경을 쓰고 있다. 그럼에도 불구하고 어쩌다 한 번씩은 사람 때문에 속이 상하고 사람 때문에 기운이 빠지는 일들이 생기곤 한다.

백세인생으로 따지면 인생 절반을 넘게 살았다. 그러니 이해 안되거나 못할 일도 없다. 다만 믿었던 사람에게서 받는 상처는 쉽게 아물지 않는다. 나도 이 세상 평범한 한 사람이기에 상대가 초심을 벗어나 마음 변한 상황이 되면 나의 내면에서 배신감과 화가 치밀어오르고 그로 인해 몹시 힘들고 괴로운 상황에 처하기도 한다.

변심은 사람과 사람의 관계를 흔들어 놓는 가장 큰 요인이 된다. 흔한 말로 "그 사람이 내 뒤통수를 쳤네."라는 말이 나올 때면 일단 신뢰관계는 무너지고 만다. 서로의 초심이 사라져버린 것이다. 시간이 흐를수록 나이가 들수록 마음에 금이 간 상처는 쉽게 아물지 않는 특성을 지녔다.

AI(인공지능)가 우리의 삶 속 곳곳으로 들어와 문명의 이기를 실감케 하는 시대다. 사람의 일을 로봇이 대신하는 영역이 넓어지고 있고 버튼 하나 누르면 제조현장의 기계들이 불량품까지 스스로 가려내면서 '나 몇 개 만들었소' 하고 알아서 보고하는 시대다. 기술의 발전이 가져오는 혜택을 거부할 수는 없다. 하지만 복사기가 똑같은 용지를 찍어내듯 자신의 목적이나 이익에 따라 마음도 똑같이 찍어내듯 하는 것은 결코 지향해야 할 삶이 아니다.

마음은 인간만이 가질 수 있는 최고의 보석이다. 내가 누군가에게 다가설 때의 마음의 색깔은 늘 그대로여야 한다. 오늘과 내일의 색깔이 다르면 그 사람만이 지닌 향기 또한 없는 것이나 다름없다. 언제까지나 변함없이 주변인들을 지지해 줄 등대 같은 사람이 되어 세상풍파로 힘들어 길을 헤맬 때 찾아올 수 있도록 늘 그 자리에 있는 이가 되고 싶다.

아이들이
좋았네!
희망을 심었네!

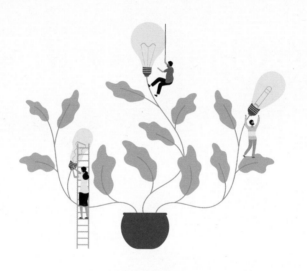

영화 '톤즈의 기적' 같은 일을 시민들과 함께 만들어낼 수 있길
소망했다.
직업진로체험공동체를 만들어 청소년들이 자신의 적성에 맞는
직업을 선택하고 꿈을 키워갈 수 있도록 도왔다.
자원봉사프로그램을 만들어 살아있는 인성교육에도 나섰다.

'울지 마 톤즈!'
당신의 기적을 기억합니다

　온몸에 짜릿한 전율이 느껴지면서 가슴 한 켠에서는 감동의 눈물
이 흐르고 또 다른 가슴 한 켠에서는 존경심이 솟구쳤다. 종교를 초
월하여 한 사람으로 태어나 얼마나 오래 사느냐가 중요한 게 아니라
무엇을 하며 어떻게 살았느냐가 진정한 삶의 가치를 말해 준다는 사
실을 다시 한번 느끼는 순간이었다. 지난 6월의 어느 날 뉴스 화면을
접하는 순간 나는 그랬다. 나도 모르는 사이에 눈가에 이슬이 맺혔다.
　'울지 마 톤즈'에 이어 두 번째로 고 이태석 신부의 삶을 다룬 영
화 '부활'이 제작되어 개봉됐다. 신부님이 떠나고 당신의 사랑으로
자란 제자들을 찾아 나선 다큐멘터리 영화다. 카메라는 남수단과 에

티오피아를 오가며 그 제자 70여 명을 만난다. 이태석 신부가 생전에 가르치고 이끌어주고 치료해 주던 아이들은 이제 기자, 의사, 약사, 공무원이 되었다. 그들이 지금 생전의 이태석 신부처럼 살아가고 있는 모습을 통해 신부님의 사랑과 헌신의 삶이 제자들을 통해 희망으로 되살아나고 있음을 전한다.

영화 '부활'은 '섬김의 리더십'으로 불리는 '서번트 리더십(servant leadership)'을 가장 사실적으로 보여주는 사례가 아닌가 싶다. 언론에서는 서번트 리더십을 뛰어넘어 코로나 위기를 물리칠 치료제 역할을 할 수 있다는 메시지까지 전했다. 내가 카톨릭 신자라는 사실을 떠나서 고 이태석 신부는 이미 10여 년 전부터 내가 존경하는 인물 중 한 분이다. 그는 분명 기적 같은 일을 만들어 낸 주인공으로 나를 위해서가 아닌 나보다 힘들고 어렵고 고통받는 이들을 위해서 그들을 섬기고 보듬고 이끌어주는 삶을 살았다. 한 사람으로서, 종교인으로서 이 얼마나 실천적인 삶인가? 그가 헌신을 다해 사랑을 쏟은 아이들이 이제는 어른이 되어 사회에 나가 그가 보여준 실천적인 삶을 살고 있다니 이는 더더욱 아름답지 않은가?

21세기가 시작될 즈음 이태석 신부는 의과대를 졸업하고 군의관으로 군복무를 마친 후 가톨릭대학교 신학대학에 입학하고 나이 마흔이 다 되어 사제의 길을 걷게 된다. 아프리카에서도 가장 오지로 불리는 수단의 남부 톤즈로 떠난 그는 그곳에서 흙담과 짚풀로 지붕을 엮어 병원을 세우고 말라리아와 콜레라로 죽어가는 주민들과 나병환자들을 치료했다. 초중고교 과정을 차례로 개설하고 학교 건물을 신축했다. 치료의 목적으로 음악을 가르치며 브라스밴드(brass band)를 구성하기도 했다.

'쫄리신부님'으로 불리던 그는 톤즈의 아버지였다. 의사이자 선생님이었고, 지휘자이자 건축가였다. 자신의 모든 것을 바쳐 그 먼 이국땅의 어렵고 가난한 이들과 아이들을 사랑했던 헌신적인 삶을 살았다. 섬김의 리더십은 인종, 국가, 종교를 뛰어 넘어 인간을 존중하고 섬기고 봉사하면서 그들을 후원하고 지지해 줌으로써 잠재력을 이끌어 내는 지도력을 말한다. 고 이태석 신부님이야말로 그것을 실천한 주인공이 아닌가.

톤즈의 기적 같은 일이 우리 광명시에서 다시 일어날 수 있다면 얼마나 좋을까? 그리고 그 기적을 시민들과 함께 만들어 낼 수 있다면 이 얼마나 가슴 벅찬 일이겠는가? 내가 비록 이태석 신부님만큼 모든 것을 바칠 수는 없으나, 주인공이 아니어도 조역처럼 지역사회에서 내 여력으로 할 수 있는 일을 실천해야겠다고 다시 한번 다짐해 본다.

찬우가 들려준
마음만이 그릴 수 있는 얼굴

순간순간 얼굴을 떠올리게 되는 해맑은 소년이 있다. 소년의 이름도 기억이 난다. '찬우'다. 오랜 시간이 흘렀지만 오늘도 나는 이처럼 아름다운 추억을 만들어준 찬우에게 감사한다. 또 어른인 나에게 참봉사를 실천하는 사람이 되려면 상대의 얼굴을 보지 못하더라도 마음으로 상대의 얼굴을 그릴 수 있는 사람이 되어야 한다는 철학을 심어준 그 소년에게 '너는 천사이고 가장 지혜로운 아이였다'는 마음의 인사를 전한다.

찬우를 만난 것은 자원봉사 초창기였다. 장애아동들이 생활하는 보육원을 방문했다. 그곳은 처음이었고 나 혼자서 찾아갔기에 사실

'잘 하고 와야 할 텐데'라는 걱정이 앞섰다.

보육원 직원은 먼저 참고하라는 입장에서 몇 가지 이야기를 해 주었다. 이곳에는 앞을 못 보는 아이, 말을 못하는 아이, 걷지 못하는 아이와 같은 장애를 지닌 아동들이 있다. 그러니 이런 아이들의 입장에서 조심스럽게 다가서고 말하고 놀아줘야 한다고. 직원은 아이들이 있는 방으로 나를 안내하면서 사무실로 돌아갔다.

방문을 열고 '안녕' 하면서 들어갔다. 순간 기다렸다는 듯이 저쪽에서 한 아이가 뛰듯이 빠른 속도로 나에게 다가왔다. 나는 깜짝 놀라 뒷걸음질을 치다가 그만 주저앉고 말았다. 동시에 아이도 걸음을 멈추었다. 순간 내 머릿속을 스쳐지나가는 생각이 있었다. 아이는 앞을 보지 못하기 때문에 소리만 듣고 반가워서 다가온 것이다. 내가 차분하게 아이를 안아주지 못하고 뒷걸음치다 넘어졌으니 참으로 어처구니없는 일을 저지른 게 아닌가. 더 이상 머뭇거려서는 안 될 일이었다. 다시 아이에게 다가가 손을 잡고 함께 앉아서 서로를 소개하고 대화를 나누었다.

찬우는 초등학교 5학년 남자아이였다.

"선생님! 저는 앞을 볼 수는 없지만 선생님 얼굴을 그릴 수 있어요. 처음엔 제가 달려가서 놀라셨지만 선생님은 좋은 분이세요."

이런 얘기를 한 데는 그만한 이유가 있었다. 그동안 이곳에 찾아왔던 자원봉사자들 중에는 소년이 목소리를 듣고 반가워 달려갔지만 밀치거나 가까이 다가서지 않으려는 이들도 있었다고 했다. 자신은 그런 경험을 여러 번 해보았단다. 나의 경우 처음엔 놀라고 당황스러운 나머지 뒷걸음질치다가 주저앉았지만 자신을 밀어내지도 않았고 바로 가까이 다가와 손을 잡아주고 인사를 해준 것이 너무 고맙단다.

소년은 모든 것에 긍정적이었다. 말속에는 늘 자신감이 묻어났다. 앞을 못 보는 아이지만 이미 세상 모든 것을 다 들여다보고 있듯이 똑똑하고 순수하고 속 깊은 아이였다. 한참 동안을 소년과 함께 보내다 보니 그곳에서의 예정된 활동시간이 끝나가고 있었다. 곧 돌아갈 시간이 다가오고 있는데 마침 그때 찬우는 자기 손으로 나의 얼굴을 만지면서 말했다.

"선생님! 선생님은 지금 뭐가 보여요?"

나는 아이의 손을 내 눈 위로 가져다 놓고 말했다.

"찬우의 예쁜 손이 보이지. 씩씩한 얼굴도……."

하지만 소년의 말은 내 상상을 뛰어넘었다.

"저는 선생님의 마음이 보여요. 선생님의 마음은 정말 아름답고 언제나 다른 사람을 편안하고 즐겁게 해주는 마음을 가지신 분인 것 같아요."

활동을 마치고 나오는데 찬우는 보육원 현관 문 앞까지 따라 나왔다. 그리고 인사를 했다. 하지만 나는 이미 가슴속으로 울고 있었다. 인사하는 목소리에 울먹이는 음성이 섞여 있었나 보다. 찬우는 말했다.

"선생님 울지 마세요. 선생님이 울면 저도 울고 싶어져요. 안녕히 가세요."

보육원 문을 뒤로하고 나와 입구에서 나는 그만 주저앉아 펑펑 눈물을 흘리며 얼마나 울었는지 모른다. 어른보다도 더 속 깊은 소년의 마음이 고마워서, 한편으로는 첫 만남의 순간 잘 대처하지 못한 게 미안해서, 해맑은 얼굴과 긍정적인 마음에 감동해서.

몇 번을 더 찬우를 찾아갔었다. 하지만 그 무렵 다른 일들로 인해 시간을 낼 수가 없었고 거리 또한 먼 곳이어서 찬우와의 만남은 결국 시나브로 멀어져만 갔다.

찬우와의 만남 이후 집에서의 작은 사건이 있었다. 계단을 내려가다가 발을 잘못 디뎌 발목 부상을 당했다. 하는 수 없이 한동안 목발을 짚고 다니는 신세가 됐다. 그러다 하루는 집안일을 하다가 목발을 내려놓고 거실에 앉아 쉬고 있었는데 엄청나게 화가 나는 일이 발생했다. 내가 잠깐 눈을 붙이는 사이에 초등학교 다니고 있던 딸들이 목발을 들고 칼싸움 흉내를 내고 있는 게 아닌가?

"이 녀석들! 지금 뭐하는 거야. 당장 내려놓지 못해. 너희들이 지금 얼마나 나쁜 행동을 하고 있는지 알아?"

평소답지 않게 과하게 화를 내는 엄마 앞에서 아이들은 엄마가 왜 저렇게 크게 화를 내는지 이해할 수 없다는 표정이었고 놀라서 어쩔줄 몰라 했다. 마음을 가라앉히고 아이들에게 차분하게 말했다.

"얘들아! 너희 친구가 다리가 불편해서 목발을 짚고 다닌다고 생각해 봐. 그런데 너희들이 그것으로 오늘처럼 장난을 친다면 친구 기분이 어떨까? 친구에겐 그게 다리인데. 그게 없으면 움직이지도 못하는데. 친구 입장에서 생각해 보면 너희들이 무슨 잘못을 저지른 것인지 알 수 있겠지? 엄마는 얼마 후 치료가 끝나면 목발에 의지하지 않게 되지만 너희들이 앞으로 만나게 될 친구나 이웃 중에는 몸이 불편한 사람들도 있을 거야. 그때 너희가 어떻게 해야 하는지를 지금 엄마가 알려주는 거야."

그날 저녁 혼자 생각하면서 한편으로는 어린 아이들에게 너무 과하게 혼을 냈다는 생각이 들기도 했지만 반드시 필요한 교육이었다는 결론을 내렸다. 우연이었지만 지금 생각해도 그때의 일은 딸들에게 꼭 필요한 것을 깨닫는 시간이 되었다는 생각이다.

오늘도 그때 그 소년의 해맑은 얼굴과 미소가 눈앞에 어른거린다.

"찬우야! 잘 있지? 지금은 어른이 되었겠네. 아마도 건강하고 멋진 청년이 돼서 열심히 원하는 일을 하고 있을 거야. 난 널 믿어."

봉사활동도
시스템이 필수다

'시스템이 제대로 갖춰져야 한다'

'매뉴얼이 있으면 그대로 움직이면 된다'

기업이나 공직에서 다년간 조직생활을 한 사람들일수록 이런 말을 자주 한다. 조직 내에서 다수의 사람들을 이끌어가는 과정에서, 또 일을 추진하고 진행하는 과정에서 매뉴얼이 제대로 짜여져 있고 시스템이 확고하게 구축이 돼 있으면 조직운영이 효율적이며 업무의 성과 또한 극대화되기 때문이다.

지역사회 활동을 하면서 다수의 회원들을 이끌고 가는 입장인 나 또한 시스템과 매뉴얼을 중요시 여긴다. 자원봉사는 참여 당사자의 소신과 마음이 중요하고 또 우선돼야 하는 일인 게 사실이지만 그렇다고 주먹구구식으로 일을 진행해서는 안되기 때문이다. 마음과 힘과 시간을 들여 펼치는 활동이 더 효과적이면 수혜자는 물론이고 구성원 모두에게 보람을 배가시켜주는 일이 아니겠는가.

봉사활동의 시스템과 매뉴얼은 시작 단계부터 제대로 짜여져야 한다. 물론 경험이 축적되면서 더 합리적이고 효율적인 방향으로 개선되어야 하지만 활동의 중심을 잡기 위해서는 이를 잘 만들어놓는 게 필수다. 따라서 활동 초기에는 많은 고민과 노력을 하지 않을 수 없다. 그럴 때마다 떠오르는 역사적인 인물이 있다. '광명의 천사(The Lady with the Lamp)'로 불리는 나이팅게일이다.

나에게 나이팅게일의 업적이 주는 의미는 단지 '백의의 천사'로서의 인명구호 활동이 전부가 아니다. 무엇보다도 크림전쟁 당시 야전병원에서 활약하면서 환자 쪽 입장을 살린 야전병원 개혁을 단행하여, 단 5개월 동안 병원에서의 사망률을 42%에서 2%로 줄인 성과다. 또 나이팅게일은 간호사 직제의 확립과 의료 보급의 집중 관리, 오수 처리 등으로 의료의 효율성을 높혔다. 1856년에는 빅토리아 여왕에게 직접 병원개혁안을 건의했고, 1860년에는 나이팅게일 간호사양성소(Nightingale Home)를 창설했다.

나이팅게일이 실행으로 보여준 이같은 일들은 이미 160여 년 전의 일이다. 전쟁터에 뛰어들어 수많은 군인들의 목숨을 살려낸 그 자체도 훌륭한 일이고 존경받을 만한 업적이다. 하지만 일을 추진함에 있어서 문제의 원인을 집중적으로 분석하고 그것을 해결하려는 방안을 구체적으로 시스템화시키고 혁신을 추구함으로써 간호시스템 변화와 간호인력의 전문성 강화는 물론이고 병원의 개혁까지 주도했다는 것은 그야말로 대단한 일을 해낸 게 아닌가 싶다. 성별이나 나이를 떠나서 이는 위대한 한 사람이 일궈낸 업적이고 다음 세대를 위한 공헌이 된 셈이다. 어떻게 그 시절에 그런 시스템을 주도하고 이끌어냈는지 생각하면 할수록 존경심이 커져만 간다.

모든 일은 열정이 중요한 게 사실이다. 다만 열정만큼이나 방법론에서의 차별화도 큰 몫을 차지한다. '이왕이면 다홍치마'라고 하지 않았던가. 똑같은 열정과 노력, 그리고 시간을 쏟더라도 결실은 어떻게 일을 추진하느냐에 따라서 달라진다.

요즘 우리 시대는 4차 산업의 시대라고 한다. 다양한 분야에서 인공지능, 사물인터넷, 빅데이터, 로봇 등이 하나로 뭉쳐져 실로 놀라운 결과를 창출해내고 있다. 지역사회활동과 자원봉사는 산업분야의 경제활동이 아닌 순수한 이웃사랑과 사회발전을 실현시키고자 하는 참여활동이다. 그 성과와 가치를 돈이나 숫자로 환산할 수는 없는 일이다. 다만 조직의 운영과 활동에 있어서는 시스템과 매뉴얼을 제대로 구축하고 여기에 접목가능한 IT기술이 있다면 그것을 적극 반영하는 것은 매우 현명한 일이라는 생각이다.

계획을 세우고 준비하는 것이 번거롭게 느껴질 수도 있다. 가까운 목표에 도달하기 위해서는 전력질주가 더 빠르겠지만 멀리 가려면 꾸준히 확실한 계획을 세워야 하는 것처럼, 내 목표는 장기전이라는 마음가짐으로 비바람에도 흔들리지 않을 굳센 탑을 세우고 싶다.

직업 선택,
인생 행복지수로 이어진다

"가난이 싫어서 학교 졸업 후 어디든 취업해서 돈 벌고 싶다는 생각뿐이었어. 그런데 지금에 와서는 후회되더라. 내가 더 잘 할 수 있는 일이 있었는데……."

"사실 나는 어릴 때부터 교사가 되고 싶었어. 근데 어쩌다 보니 사업을 하고 있네. 돈이 전부가 아닌데 말이지."

"나는 디자인을 했으면 잘 했을 텐데. 부모님은 공무원이 되길 희망하셨지. 졸업한 해에 시험 합격해서 지금까지 15년 무탈하게 보내 왔지만 사실 아쉬움은 늘 남지. 그때 디자인학과를 들어갔더라면 내 인생이 또 달랐을 텐데……."

인생은 누구에게나 단 한 번 뿐이다. 아동기, 청소년기, 청년기, 중년기, 장년기를 거쳐 노년기를 맞이하게 된다. 직업은 단순히 의식주에 필요한 돈을 버는 의미에 국한되지 않는다. 노력한 것에 상응하는 보수도 중요하고 보람과 만족이 뒤따라줘야 한다. 무엇보다도 자신의 적성과 기질에 부합하는 직업이어야 한다는 전제조건이 따른다. 우리에게 직업이 중요한 이유이자 직업을 선택하는 시기 또한 중요하다는 것을 말해 준다.

시간은 영원히 주어지는 것이 아니다. 때를 놓치면 다시 그 시간으로 돌아갈 수 없다. 40대, 50대가 되어 아니 70대가 되었을 때도 누군가를 만나거나 매스컴을 통해 접하면 늘 부러움 반 아쉬움 반을 토로하며 후회하는 이들이 있다. 그들이 "저 사람은 자기 인생을 살았네."라고 지칭하는 그 누군가는 유명 학자가 아니다. 정치인이나 연예계 스타 또는 수천억 원대 재산가도 아니다. 자신이 하고 싶었던 일에서 보람을 느끼거나 그 분야에서 나름 성공했다는 이들이다. 10대, 20대 시절 "내 꿈은 ○○○가 되는 거야.", "나는 ○○○이 되려고 해."라고 입버릇처럼 말하던 그들이 희망했던 전문 분야의 직업들이다.

유년기, 청소년기를 경제적으로 힘들게 보낸 지금의 60대 이상이라면 자기 꿈을 펼치는데 장애물이 많았던 시대를 살았던 분들이다. 자신의 재능을 맘껏 펼치지 못한 이들이 부지기수이니 그저 안타깝게 느껴지는 일이다. 하지만 40대, 50대라면 달라진다. 나름 자기가 원하는 길을 추구했으면 꼭 그렇게 어려운 일만도 아니었을 텐데 하는 아쉬움 섞인 동정을 하기 마련이다. 나이가 젊을수록 원치 않는 직업을 선택한 이들에 대한 사람들의 시선과 얘기는 또 달라진다. 상대가 20대 후반이나 30대 초중반의 청년이라면 '아직도 늦지 않았으니 더 시간 흐르기 전에 하루라도 빨리 도전하라'는 조언과 응원의 메시지를 전하게 된다.

사람의 꿈은 각 개인의 성향이나 그 사람이 처한 환경에 따라서 수시로 달라진다. 적어도 20대 시절까지는 그렇다. 초등학교 들어가기 전의 아이였을 때는 가수였다가 초등학교에 들어가서는 교사로 바뀌고, 중고등학교 시절엔 건축가였다가 20대가 되어서는 또 다른 자신의 꿈을 펼칠 수 있는 직업을 찾아간다.

21세기이다. 우리가 사는 대한민국은 세계 10위 권의 경제대국이고 선진국에 와 있다. 당장 먹고 사는 게 중요했던 과거와는 달리 자신이 원하는 분야의 직업을 향해 도전할 수 있는 기회는 활짝 열려 있다. 초등학교 이전의 유년시절부터 가진 꿈을 20대, 30대에 직업으로 이루었다면 더할 나위 없이 좋겠지만 청소년기와 청년시절 몇 차례 바뀌고 나서야 30대 초 중반에 정말 적성과 능력에 잘 맞는 일을 갖게 됐다면 가족이든 친척이든 지인이든 모든 이들이 박수를 쳐준다.

시대적 환경이 이렇게 변했음에도 수년간 공부를 하여 어렵게 취업한 첫 직장을 1년도 못 다니고 그만두는 젊은이들도 있고 한동안 억지로 버티다가 도중하차하는 이들도 있다. 그런가 하면 더러는 '그때 내가 좀 더 노력했어야 했는데'라면서 자신의 노력과 열정의 부족함을 자책하는 이들도 있지만 30대, 40대에도 직업 문제에 부딪히는 이들을 보면 자신의 적성에 맞지 않다거나 자신이 생각하고 그렸던 일과 실제로 자기가 하는 일이 달라서 일에서의 만족을 못찾는 경우다.

이쯤에서 우리 사회가 고민해 볼 문제는 직업 선택에서 한 차례 실패한 청년들과 새로운 직업 선택을 포기한 채 원치 않는 일을 억지로 하는 중년층들이 적지 않다는 것이다. 독일, 덴마크, 스웨덴, 오스트리아 등 유럽의 여러 선진국들은 직업교육과 전문직으로 성장하는 시스템이 잘 갖춰진 나라로 인정받는다. 이 중에서도 직업 선택을 위한 진지한 고민과 체험을 할 수 있는 덴마크의 평생교육기관인 '폴케호이스콜레'는 세계인들이 주목하는 교육현장으로 손꼽힌다.

덴마크 전역에서 100여 개가 운영 중인 폴케호이스콜레는 18세부터 60대에 이르기까지 다양한 연령층의 국민들이 이용한다. 작은 시골마을에도 있고 학생 수는 전교생이 수십 명 정도로 비교적 작은 곳도 있고, 많게는 몇백 명에 달하는 곳도 있다. 공통점은 분명하다. 시험이나 이수해야 하는 학점은 물론이고 수여되는 자격도 없다. 자유학교로 전인교육을 제공하는 이 학교는 이론이나 지식 습득과는 거리가 멀다. 이 학교가 덴마크 국민들은 물론이고 전 세계인들의 이목을 집중시키는 이유는 수업은 90%가 대화로 진행되고 다양한 토론을 하고, 또 실습과 생활을 통해서 자신의 적성과 장점을 발견하고, 앞으로 살아가는 데 있어서 자신이 어떤 길을 가야 하는지 그 방향을 제시하는 역할을 한다는 것이다. 비교적 기간이 긴 겨울학기의 경우 10대 후반, 20대 초반의 청년들이 주로 입학한다. 덴마크 국민들의 행복지수는 세계 1위 수준으로 이 학교가 큰 몫을 하는 것으로 평가받는다.

우리나라의 적지 않은 아이들이 10대 초반부터 명문대학교 입학을 위해 학원을 다니고 과외를 받는다. 훗날 어른이 되어 직업의 길로 이어지는 학과를 선택하기 이전에 성적을 올리고 대학교를 먼저 선택하고 목표로 삼는다. 이런 환경에서 청소년들이 자신의 적성에 맞는 직업을 선택하고 꿈을 키워가는 일이 힘든 것은 당연한 일이다. 결국 어른이 되어서도 일에 대한 만족과 보람보다는 연봉이 얼마이고 결혼하여 어디에 몇 평형 집을 구입해야 할 것인가에 대한 고민을 하는 지경에 이르는 셈이다.

내가 직업진로체험공동체 문을 열게 된 것은 10대의 청소년들에게 그들이 꾸는 꿈이 자신에게 잘 맞는 직업인지 또 어떻게 해야 그 꿈을 키울 수 있는지 직업세계의 실상을 몸소 체험할 수 있도록 돕고 싶었기 때문이다. 백번 천번 다시 생각해 봐도 참 잘 한 일이라는 생각이 든다. 직업진로체험을 직접 해본 청소년이라면 적어도 십 년 후 이십 년 후에 '내가 갈 길은 이 길이 아니었는데'라는 후회나 자책은 피하지 않겠는가.

보고 느끼고 체험하고
선택해라

비영리법인 직업진로체험공동체는 청소년지도사인 나에게는 직장이자 가장 큰 보람과 즐거움을 안겨주는 일터다. '비영리법인'이라는 말 그대로 돈을 벌어들이는 곳이 아니다. 이렇다 할 수익이 없으니 월급도 당연히 없다. 오히려 내 지갑에서 알게 모르게 나가는 돈이 결코 적지 않다. 그럼에도 불구하고 나는 지금 이 일을 통해 행복하고 그 과정에서 삶의 에너지를 충전한다.

사업도 봉사도 내가 알지 못하면 할 수는 없다. 리더가 구체적으로 알지 못하는 분야를 이끌어 가는 것은 이름만 내건 쇼에 불과할 터이니까. 올해로 8년째 이끌고 있는 직업진로체험공동체는 가정에서 자녀들의 성장기를 좌충우돌하며 함께 했던 경험에서 비롯됐다. 쌍둥이 딸들이 중학교에 들어갈 무렵 아이들의 진로 방향을 어떻게 안내하고 이끌어줘야 할지 나 또한 막막했었다. 이 때문에 청소년들의 직업과 진로에 대한 관심을 갖고 본격적인 공부를 하여 청소년 지도사 자격증을 취득했고, 그 후에는 직업 관련 적성 심리 테스트와 진로상담을 하며 '드림인 청소년잠재력개발센터' 센터장으로 3년 간 몸담았었다.

그 후 우리 아이들이 고등학교에 진학하고 자신의 진로를 찾아가면서 나는 스스로에게 질문을 던졌다. '청소년들을 위해 내가 무엇을 하면 좋을까'?에 대해. 그 답으로 찾은 것이 직진공(직업진로체험공동체)이었다. 10대들이 자신의 적성을 알아보고 자신이 좋아하는 일을 찾아갈 수 있도록 만들어주기 위해 설립한 단체다. 지역사회에서 학생이나 학부모에게 경제적인 부담이나 번거로운 절차 없이도 직업체험을 통한 진로 결정을 할 수 있도록 돕는 것이야말로 우리 지역 수많은 청소년들에게 가장 소중한 꿈과 희망을 안내하고 열어주는 길이라는 판단에서다. 학교를 졸업하고 사회에 나가 자기 직업에 만족하고 일을 즐기며 사는 삶이란 스스로 인생의 행복지수를 높여 가는 가장 소중한 일이 아닌가?

'꿈꾸고 도전하는 청춘을 응원하며'라는 슬로건을 내걸고 2013년 직업진로체험공동체는 출발했다. 대상자는 우선 광명시에 거주하는 중고등학생 청소년들로 정했다. 먼저 신청자들을 접수받아 진행과정에 대한 오리엔테이션을 한 후 학생들로부터 관심을 지닌 희망직업군의 리스트를 만든다. 그런 다음 주말이나 방학기간을 이용하여 해당 직종의 현업 종사자들을 찾아가 어떤 환경에서 무슨 일을 하는지에 대해 직접 눈으로 보고 체험할 수 있도록 한다. 이때 현업에 종사하는 전문직 종사자들과 만나서 직접 궁금증을 풀어보는 시간도 갖는다. 보람, 애로점, 연봉, 중요업무 등을 학생들이 직접 질문하고 답을 구하도록 했다.

일을 시작하기를 잘 했다고 생각했지만 진행 과정에서 일을 추진하기 위해 내가 직접 팔을 걷어붙이고 나서야 했다. 현장 종사자들에게 사전 허락을 받는 일이 중요했기 때문이다. 그들이 현장체험에 필요한 준비와 일정 시간을 내주는 게 우선돼야 하니까. 하지만 직종이 어디 한두 가지인가? 의사, 간호사, 기자, 소방대원, 경찰, 변호사, 법관, 컴퓨터 프로그래머, 광고기획자, PD, 작가, CEO, 엔지니어 등등 셀 수 없이 많은 전문가들을 사전에 섭외하는 일은 결코 만만찮은 일이었다. 인맥을 총동원하고 지인들을 통해 소개를 받고 기관에 도움을 요청하는 일은 다양한 어려움이 따랐다. 그때그때 매번 또 다른 직업을 택하는 학생들의 목표에 맞춰 방문체험현장을 찾아 현장관계자와 일정을 조율하여 준비했다.

이게 전부가 아니다. 각 체험현장마다 학생들을 개별적으로 보낼 수는 없는 일이다. 10대 학생들이니 출발부터 귀가까지 안전하게 인솔할 책임자인 자원봉사자 확보가 필수였다. 이에 따라 학생

모집 이전에 관내 어머니 자원봉사자들을 먼저 모집해야 했다. 게다가 활동에 따른 최소비용도 필요한 만큼 자원봉사 어머니들에게는 소액이지만 일정금액의 회비를 받을 수밖에 없었다. 그럼에도 불구하고 학부모 또는 자녀들을 키운 경험이 있는 어머니들의 참여는 의외로 호응이 높았다. 기대 이상의 적극적인 동참에 나는 마냥 감사할 따름이었다.

직진공 체험활동은 매주 1회씩 이어져 왔다. 참여 희망 학생들이 많은 만큼 그 수요를 다 감당하기는 어려운 상황이므로 광명시를 4개 구역으로 나누어 구역별로 한 달에 한 번씩 참여 기회를 제공하는 식으로 이어왔다. 지금까지 직진공을 경험한 학생 수는 무려 천여 명에 달한다.

직업진로체험이 중요한 이유는 직접 참여한 학생들의 반응에서 한눈에 나타났다. 공무원이 되기로 마음먹었던 학생, 법관을 꿈꾸어 왔던 학생, 의사가 되길 희망했던 학생 등등 체험을 하고 난 후에는 적지 않은 학생들이 자신이 생각했던 직업세계와 다르다는 것을 느꼈기에 또 다른 희망직업 진로체험에 참여하는 일이 많았다. 직접 종사자를 만나 보니 자신이 상상했던 일, 부모님이 들려준 얘기나 방송에서 비춰지는 직업의 면면과는 다르다는 것을 실감하거나 보고 듣고 체험해 보니 자신이 지닌 능력이나 적성과는 거리가 먼 직업이라는 것을 알게 된 것이다.

몇 번이 되더라도 체험을 통해 자신에게 잘 맞고 자신이 원하는 직업을 찾는 것은 반드시 필요한 일이다. 이런 체험 없이 선택한 전공이나 직업이 자신과는 맞지 않아서 다시 진로를 바꾸게 된다면 그것은 시간 낭비는 물론이고 정신적으로도 혼란과 상처를 받을 여지가 충분하기에 더욱 그렇다. 직업진로체험공동체는 청소년들에게 바로 자신이 추구하는 내일을 준비하고 찾아갈 수 있도록 길을 열어주는 현장이다. 청소년들이 좀 더 웃을 수 있는 여유와 잠깐의 멈춤을 통해 성장할 수 있는 토대를 마련해 주는 일이기도 하다.

내가 준비한 버킷리스트 중에서도 우선순위 중 세 손가락 안에 꼽아야 할 것이 직업진로체험공동체의 확산이다. 향후 지역사회 학생들은 물론이고 전국적으로 지부를 만들어 보다 많은 이 땅의 청소년들이 행복한 미래를 설계하며 자신의 길을 걸을 수 있게 하는 게 나의 목표이자 희망사항이다.

꿈도 생각도
똑같은 사람은 없다

25년 전 출생신고를 하러 갔다. 주민센터 담당자에게 출생증명서와 이름을 건네며 말했다.

"쌍둥이입니다. 1분 먼저 태어난 아이가 언니가 되게 해주세요."

담당자는 나의 말을 허투루 들었는가 보다. 출생신고 일련번호를 보니 분명히 큰 아이 이름이 앞에 있어야 하는데 작은 아이와 뒤바뀌어 있었다. 바꿔달라고 요청했다. 그런데 하는 말이 어처구니없었다.

"누가 먼저인 게 뭐 중요합니까?"

내 목소리가 저절로 올라갔다.

"당연한 거 아닌가요?"

"쌍둥이잖아요."

"그건 아니죠? 어떻게 두 사람이 똑같다고 생각해요? 내가 낳은 아이들이라도 1분 먼저 태어난 아이가 있고 늦게 태어난 아이가 있어요. 바꿔주세요."

사람들은 쌍둥이라고 하면 둘을 한 사람으로 취급한다. 착한 일을 해도, 성적이 좋아도 쌍둥이니까 한 사람만 칭찬받으면 되고 한 사람만 상을 받아도 된다는 참으로 이해가 안 되는 논리를 적용한다. 쌍둥이를 키우면서 두 사람을 한 사람 취급하는 일들은 비일비재했다. 하지만 대중교통을 이용할 때도 대학에 입학할 때도 쌍둥이니까 한 사람으로 인정해서 두 사람 모두에게 혜택을 주는 일은 없지 않은가? 나는 투사라도 된 듯이 쌍둥이의 다름을 외치고 다녔다.

쌍둥이든 한 형제든 그들은 각각 한 사람일 뿐이다. 이 세상에 똑같은 생각, 똑같은 꿈을 가진 사람들은 없다. 수십억의 사람들은 모두가 다르다. 누구든 유일무이한 한 사람으로서 한 인격체로서 존재한다. 다름을 인정해야 하는 가장 기본적인 이유다. 쌍둥이를 키워 본 사람들은 안다. 분명히 다르다. 성격도, 취향도, 관심사도 분명히 각자의 것이 있다. 동일한 유전체를 지니며 동일한 성으로 태어난 일란성 쌍둥이는 얼굴이 똑같다고 생각하지만 자세히 들여다보면 다르다.

누군가는 말한다. 10대 고등학생이라면 다 그저 그렇다고. 그들의 생각이나 문화나 취향이 도긴개긴일 것이며 그러니 똑같은 조언이나 충고를 해줘도 될 거라고 믿는다. 이 또한 분명히 잘못된 생각이고 오판이다. 결코 그렇지 않다. 백이면 백, 천이면 천 성장하는 청소년들은 다 제각각이다.

아이들이 말했다.

"저는 우주비행사가 꿈입니다."

"저는 장사를 해서 돈을 많이 벌 거예요."

다름을 인정하지 않는 어른들의 대꾸는 한결 같다. "네가 어떻게 우주비행사가 되겠다는 것인지 허무맹랑하다. 그런 꿈은 애초부터 꾸지도 말아라.", "이 녀석아, 장사를 하면 돈이 저절로 벌리니. 그건 네 생각일 뿐이야."라고. 아이들마다 꿈은 다르고 아이들이 그것을 실현하기 위해 도와주는 부모나 어른 입장이라면 "우주비행사는 정말 멋진 사람이지. 그래 어떻게 하면 우주비행사가 될 수 있을지 잘 알아보아야겠다.", "맞아! 장사를 하면 돈을 많이 벌 수 있을 거야. 그런데 이왕이면 네가 잘 팔 수 있고 사는 사람도 많은 그런 장사를 택해야겠다. 장사는 시장조사를 먼저 해야 하거든. 그러기 위해서는 경제에 대한 공부를 먼저 하는 게 좋겠다."라고 조언해 준다면 아이들은 자신이 원하는 꿈에 한발 더 가까이 다가설 것이다.

수많은 아이들을 만났다. 그들의 꿈과 진로에 대해서 상담을 했고 저마다 원하는 희망직업이 어떤 것이고 진로방향을 어떻게 잡아서 나아가야 하는지에 대해 대화를 나누고 그 길을 안내하는 일을 했다. 10대들의 꿈을 찾아주고 방향을 잡아주는 것은 얼마나 가치

있고 멋진 일인가. 지금 내가 직업진로체험공동체를 이끌어가는 이
유이기도 하다.

아이들을 기다리는
어르신들

"토요일을 손꼽아 기다려. 학생들이 오면 얼마나 재미있는지 시간이 훌쩍 지나간다니까."

"우리 손자 손녀도 아닌데 어찌 그리 살갑게 대하는지 몰라유. 춤도 잘 추고 잘 웃고 못하는 게 없어유. 보기만 해도 그냥 귀엽고 예쁘고 그러쥬."

지난해 학생들과 봉사활동 차 주간보호센터를 갔을 때 어르신들이 하신 말씀이 늘 귀에 생생하다. 그래서인지 시간이 갈수록 어르신들을 향한 내 마음이 더 안타깝기만 하다.

직업진로체험공동체는 단지 직업진로만을 위한 활동에서 그치지 않고 자원봉사활동을 희망하는 중고생들을 대상으로 광명시내 어르신들이 계신 주간보호센터를 찾아가 재능기부 봉사활동을 실시하는 프로그램을 운영해 왔다.

'왜 직진공에서 자원봉사 프로그램을 운영하지?'라고 의문을 던질 수도 있겠다. 이유는 아주 분명하다. 어른들은 물론이고 자라나는 학생들에게 자원봉사는 인생을 살아가는데 매우 중요한 밑바탕이 된다고 생각하기 때문이다. 자본주의사회에서는 우리를 둘러싼 다양한 환경적 요인들로 인하여 자칫 나 혼자만 잘나고 건강하고 풍요로운 삶을 지향하는 이기주의와 자만에 빠져들기 쉽다.

세상은 혼자서 살아가는 곳이 아니다. 내가 언제 누군가의 도움을 받게 될지 모르는 일이다. 내가 언제 심신이 약해져 힘들고 외로운 상황에 처할지도 모른다. 외롭고 힘들고 어려울 때 늘 누군가가 손을 내밀어주고 함께 해준다면 절망과 좌절은 멀어져 가고 희망이 싹튼다. '나만', '너만'이 아닌 '우리'라는 사회공동체적인 마인드는 반드시 필요하고, 그것은 우리 모두의 삶을 보다 아름답고 풍요롭게 해준다. 자원봉사가 필요하고 소중한 것은 바로 이런 이유에서다. 그렇다면 이제 막 세상과 인간의 삶에 대해 눈을 뜨기 시작하는 10대의 아이들에게 어른이 되기 전에 인생에서 소중한 가치가 무엇인지를 직접 체험하고 느낄 수 있게 해주는 것은 매우 중요한 일이다. 어른들이 그 무대를 마련해 주는 게 당연한 일인 것이다. 그중 하나가 바로 자원봉사 활동이다.

우리는 시 위탁 주간보호센터를 대상으로 청소년 자원봉사 프로그램을 운영하고 있다. 매년 대상 센터를 선정하는데, 센터들마다 운영 책임자들이 다른 만큼 우리의 프로그램운영 스타일과 뜻이 맞는 센터를 찾는 일도 매우 신중을 기해야 하는 일 중 하나다. 주간보호센터마다 다양한 자체프로그램을 운영하고 있지만 프로그램 운영전문가들의 휴무로 프로그램 운영인력 수급이 비교적 어려운 토요일을 택한다. 학생들도 학교 안 가는 주말이 봉사활동 참여하기에 적합한 날인 만큼 특별한 프로그램 운영이 어려운 시간을 학생들의 재능기부활동으로 채워주는 것이다.

중고등학교에서는 학생들에게 일정시간 자원봉사를 실시하도록 하고 있다. 학생들이 참여할 수 있는 자원봉사의 영역은 다양하다. 하지만 우리 직진공이 운영하는 자원봉사활동에서는 활동 당사자들인 학생들의 재능을 적극 활용하는 편이다. 모든 봉사활동이 소중하고 가치있는 일이지만 학생들이 어차피 같은 시간을 쏟을 것이라면 각자가 보다 더 즐겁게 자신의 열정을 쏟고 보람 또한 더 크게 느낄 수 있는 활동이 좋다는 판단에서다.

자원봉사 활동은 다양하다. 풍선놀이, 안마, 댄스, 볼링게임, 색칠공부, 악기연주 등등 참여를 희망하는 학생들의 재능을 적극 활용한다. 설령 특별한 재능이 아닐지라도 어르신들과 함께 할 수 있는 다양한 놀이를 진행한다. 일주일에 한 번씩 밝고 명랑한 10대 아이들이 당신들을 찾아뵙고 친손자 손녀 못지않게 다정하고 즐겁게 함께 웃을 수 있는 시간을 연출해드리니 어르신들로서는 백번 환영이다.

토요일을 손꼽아 기다리는 어르신들! 나도 손꼽아 기다린다.

"너희도 우리처럼
꿈을 펼쳐 봐."

'엄마, 아버지 말은 안 들어도 선배나 과외선생님 말은 잘 듣는다'

10대 중고등학생 자녀를 둔 가정의 부모들이라면 이 말에 공감을 한다. 사춘기를 거치면서 아이들은 자기주장이 강해진다. 부모입장에서 아무리 좋은 얘기를 해줘도 그것을 받아들이지 않고 되레반발을 하거나 때로는 단편적인 것만 보고 판단을 내리고 현실과는동떨어진 자기 고집이나 주장을 굽히지 않으려고 한다. 이럴 때는한편으로 서운하기도 하고 또 다른 한편으로는 답답해 가슴을 치는일도 생기곤 한다. 자식들의 신체가 급속히 성장하고 정신세계가 확장되는 청소년기는 가정마다 불안정한 기류가 흐른다. 나 역시 아이

셋을 키우면서 경험한 일이다.

청소년기는 누구나 한번은 지나가는 인생의 통과의례다. 자신만의 내면 세계를 만들기 시작하고 자신이 주도적인 입장이 되어 선택하고 도전하기 시작한다. 이런 청소년기를 보내는 10대들과 가장 잘 통하는 사람은 누굴까? 부모도 선생님도 아니다. 바로 그들과 가장 가까운 세대인 20대 선배들이다.

청소년기 자녀들과 그들의 부모들은 30~40세의 나이 차이가 난다. 보고 듣고 경험해 온 문화가 전혀 다르다. 음식부터 패션까지 서로 다른 가치관과 문화를 받아들이는 일은 서로에게 어려운 일이다. 그러니 아이들은 부모들보다는 자신들과 세대차이가 없는 20대들과 의외로 소통도 빠르고 공감대 형성도 한결 쉽다. 언니, 형, 선배 또는 그 비슷한 또래의 학원 선생님이나 과외선생님이다. 세대차이가 거의 없어서 상대의 말이나 의견에 동질감을 갖는 한편 신뢰감 또한 빠르고 강하게 형성된다.

직업진로체험공동체를 이끌다 보면 종종 예전에 직진공 프로그램을 거쳐 간 2030 젊은이들로부터 즐거운 전화를 받곤 한다. 안부 인사는 물론이고 취업을 했다거나 자격시험에 합격했다는 소식을 전해온다. 그럴 때마다 반갑고 즐겁고 고맙다. 질풍노도의 성장기를 지나는 과정에서 직진공 프로그램을 경험한 후 자신의 진로를 찾아 대학에 들어가고 취업을 한 그들이다. 자기 갈 길을 찾은 것이니 내 자식의 일이나 다름없이 갈채를 보내게 된다. 그러면서 마음속으로

'내가 직진공 운영하기를 너무 잘 했구나'라는 생각을 하고 나 스스로에게 칭찬도 해주고 힘내어 의지를 다져보기도 한다. 특히 방학기간 중 자원봉사프로그램을 운영할 때 그들로부터 전화를 받을 때는 더욱 더 반갑고 힘이 생겨난다.

"대표님 안녕하세요? 저 ㅇㅇㅇ입니다. 이번 여름방학기간에도 자원봉사 프로그램 운영하시나요? 제가 휴가기간이 8월 초인데 시간이 맞으면 저도 함께 참여하려구요."

방학기간에 맞춰 이런 전화를 하는 이들은 대학생들이나 직장인이 된 친구들이다. 지역 후배 중고생들의 자원봉사활동으로 짜여진 프로그램이지만 이미 경험을 한 선배로서 함께 참여하면서 후배들에게 보다 효과적인 참여방법도 전해주고 또 활동을 응원해 주겠다는 것이다. 이 얼마나 고맙고 감사한 일인가?

소통은 회의나 토론회 같은 어떤 형식을 갖추기보다는 무엇이든 함께 활동하면서 자연스럽게 대화로 오가면서 이루어질 때 그 진정성의 깊이 또한 다르다. 직진공 출신 선배들이 후배들과 함께 봉사활동에 참여한다는 것은 더없이 좋은 소통과 만남이다. 10대 청소년들은 20대 선배들에게 물어볼 게 한두 가지가 아닐 것이다. 대학생활, 취업 준비, 국방의무, 이성과의 교제, 여행, 취미 등등. 부모나 친구에게서는 구할 수 없는 수많은 궁금증을 풀기에는 더없이 좋은 계기가 된다. 그래서인지 실제로 선배들과 함께 자원봉사활동을 하는 날을 손꼽아 기다리는 중고등학생 참가자들이 적지 않다.

해마다 100여 명이 넘는 중고생들이 직진공을 거쳐간다. 그들은 대학에 들어가고 취업을 하고 사회인이 된다. 이미 직진공에서 직업 진로체험을 한 그들이기에 자기가 원하는 공부를 직장을 찾아간 이들이 많은 편이다. 자원봉사활동이 끝나면 직장에 다니는 선배들은 자발적으로 후배들에게 아이스크림이나 과자를 사주면서 조촐한 다과시간을 갖기도 한다. 이런 모습을 지켜보는 나로서는 그저 흐뭇할 따름이다. 앞으로 더욱더 직진공 프로그램을 다양하게 만들고 전국적으로 확대시켜 나가야겠다는 각오를 다지게 된다.

초등학교 졸업식 때 우리는 노래를 부른다. 직진공활동에 함께 참여하는 10대와 20대, 30대 선후배들을 볼 때마다 내 뇌리를 스쳐간다. 40년도 더 지난 그날 부르던 노래가사.

'앞에서 끌어주고 뒤에서 밀며 우리나라 젊어지고 나갈 우리들……'

땀으로 키운 먹거리로
더불어 함께, 더불어 미소

"대표님, 우리 아이 입맛이 달라졌어요. 고구마는 안 좋아했는데 농장 자원봉사 다녀온 후로 고구마 쪄달라고 해요."

"자기가 캐온 무로 깍두기 만들어 주었더니 요즘은 밥 먹을 때 그것만 찾아요."

청소년 아이들이 대한흙사랑봉사회 농장 자원봉사활동에 참여한 후 입맛이 변한 것 같다며 좋아하는 엄마들을 여럿 만났다. 자기들 손으로 직접 야채를 뽑고 캐서 기관에 전달까지 함께 하니 아이들 역시 우리 농산물에 대한 관심이 달라진 까닭이 아닌가 싶다.

'콩 한 쪽도 나눠 먹는다'는 속담처럼 우리 선조들은 예로부터 이웃과 먹거리를 나누는 것을 미덕으로 삼으며 살아왔다. 주거환경의 변화로 생활문화가 바뀌면서 이웃과 함께 소소한 먹거리 나눔은 많이 사라져가고 있다.

'흙'이라는 단어는 언제 들어도 좋다. 고향, 자연, 생명을 떠올리게 하는 정말 내가 좋아하는 단어 중 하나다. 마치 어머니 품처럼 느껴지는 '흙'을 지역사회 활동을 통해 다시 만난 것은 행운이었다.

2010년 자원봉사단체장 임기를 마치고 이선으로 물러선 회장님들로 30여 명이 뜻을 같이 하여 '대한흙사랑봉사회'를 만들었다. 우리 손으로 직접 키운 친환경 우리 농산물들을 지역사회 복지 관련 시설에 나눠주자는 것이 목적이었다. 뜻이 있는 곳에 길이 있다고 했던가. 마침 단체 회장이 노온사동에 있는 천여 평의 유휴지를 선뜻 내놓았다. 모든 땅이 금싸라기가 되어버린 수도권에서 무상으로 농작물을 재배할 수 있는 땅을 만난 것이야말로 우리 회원들에게는 더없는 행운이었다.

우리는 해마다 이곳에서 감자, 가지, 상추, 오이, 고추, 고구마, 배추, 땅콩 등 다양한 농작물을 재배했다. 주말마다 회원들은 농부가 되어 씨를 뿌리고 모종을 사다 심고 물을 주고 풀을 뽑아가면서 농작물을 함께 가꾸었다. 토요일 일요일에 모여서 일을 하기에 개인적인 일로 참석을 못하는 회원들도 있지만 보통 15~20명은 참석했고 해마다 좋은 성과를 만들어 냈다.

기부를 위한 농산물이 목적이니 안전한 먹거리를 생산해야 한다.

친환경으로 농작물을 키우다 보니 일일이 손이 가는 일은 더 많다. 쉽지 않은 일이다. 풀 뽑고 해충 방제를 위해 다양한 노력을 기울이는 것은 물론이고 내 자식 키우듯 심을 때부터 수확 시까지 온갖 정성을 들이지 않으면 안 되는 게 농작물이다. 회원들의 생각은 한결같았다. 너 나 할 것 없이 "나 먹기 위해 키우는 거라면 힘들어서 못한다."는 말이 저절로 나왔다. "나눔을 위해 재배하는 일이기에 벌레에 물리고 손이 거칠어져도 보람과 즐거움이 있다."는 것이었다.

봄부터 가을까지 회원들은 함께 땀흘려 가면서 고생을 자처했다. 농장 한 켠에서 직접 점심식사를 만들어서 먹기도 하고 봄 가을 1년에 두 번은 워크숍을 통해 단합을 강화하기도 했다.

10대 아이들과 관련된 활동을 많이 하는 나로서는 아이들에게도 흙과 친해지는 시간을 만들어주고 싶었다. 우리 농산물에 대한 소중함을 일깨워주는 동시에 먹거리들이 관내 복지시설에 기부되어 나눔을 실천하는 과정을 함께 체험하고 느낄 수 있도록 하고자 해도 작물을 키우는 과정에서는 어린이들이나 청소년들이 동참하기 어려운 점이 없지 않다. 농장 규모가 결코 작은 규모가 아니고 보니 어른들이 팔 다리 걷어붙이고 나서지 않으면 안 된다. 때문에 아이들과 청소년들의 자원봉사 참여는 수확기에만 희망자를 모집하여 운영했다. 수확기에는 적기에 많은 일손이 필요로 하는 만큼 고사리 손이라도 하나둘씩 더 보태지면 수확도 금방이다.

자원봉사에 참여하는 학생들이 농산물의 소중함과 나눔활동의

중요성을 인식하며 스스로 변화하는 모습을 지켜보는 일은 정말 흐
뭇하다. 아이들은 배추와 무를 뽑으면서 감자와 고구마를 캐면서 놀
라워하기도 하고 즐거워했다. 고구마와 감자가 땅속에서 뿌리 식물
로 자란다는 사실을 눈으로 직접 확인하면서 놀라워하고 무를 뽑으
면서 황금이라도 캔 듯 밝고 신나는 표정을 지을 때마다 우리 회원
들도 함께 웃고 행복한 시간이 된다.

　우리가 수확한 농산물들은 광명시에 있는 농아인단체, 복지관,
노인정, 독거노인가정 등으로 배달된다. 몇백 개 단위를 넘는 수량
이다 보니 수확 못지않게 배달하는 일도 만만찮은 일이다. 무, 배추
같은 경우 다 함께 차에 싣고 내리고 나르는 일은 필수였다. 하지만
늘 마음은 부자가 된 것 같고 뿌듯하기만 하다. 무엇보다도 먹거리
를 나누는 일은 받는 사람과 주는 사람 모두가 풍요로움을 가슴으로
느끼며 부자가 된 듯한 기분이 들지 않는가.

괜찮아!
너희는 시작이니까

청소년기! 누군가는 세상을 알아가기 위한 방황의 시기라고 하고 또 다른 누군가는 질풍노도의 시기라고 말한다. 누구에게나 통과의례의 시기이기도 한 10대와 20대 초반기다. 신체와 사고, 그리고 환경의 급격한 변화 속에서 가족, 성장, 진학, 교제, 친구, 자유와 같은 다양한 주제들과 맞닥뜨리는 시기다. 모든 게 처음이다. 설렘도 있지만 낯설기도 한 것이 한두 가지가 아니다.

세 딸을 키우면서 청소년기를 직접 지켜본 입장이다. 그러니 이 시기를 거치는 당사자들의 갈등과 고민을 남들보다는 잘 안다고 자부한다. 그들이 흔들릴 때, 마음 아파할 때, 비상구를 찾고 있을 때

부모든 교사든 선배든 잠시라도 기대어 쉬거나 울 수 있는 누군가가 반드시 필요하다. 그들 곁에는 시원하게 속 터놓고 말하고 조언을 구할 수도 있는 멘토가 있어야 한다. 직업진로체험공동체는 물론이고 작은도서관이나 대한흙사랑봉사회 활동을 하면서도 청소년들과 함께 할 수 있는 프로그램이나 활동을 수시로 만들고 있는 이유도 바로 그 때문이다. 내 자식들이 보냈던 똑같은 청소년기 아이들의 손을 따뜻하게 잡아주고 싶어서다.

지난해 말 지역사회 활동을 하는 지인으로부터 연락을 받았다. 광명시에는 지방법원이 없어서 안산지방법원이 관할을 하는데 광명시에 '법무부보호관찰위원 광명지구 협의회'가 만들어지니 참여해 달라는 것이었다. 이미 다양한 지역사회 활동을 하고 있는 나로서는 일을 늘리기보다는 줄여도 시원찮을 상황이다. 하지만 우리 시 청소년들과 관련된 활동이니 차마 거부할 수가 없었다. 아니 등 돌리면 안 되는 일이라는 생각이 먼저 들어서 기꺼이 참여의사를 밝혔다.

'일 복 터진 사람'이라는 말이 맞는가 보다. 30여 명의 회원이 모였는데 하필이면 또 나에게 사무총장을 맡아달라고 했다. 더 적극적으로 발 벗고 나서서 활동해 달라는 숨은 뜻이 있을 것이다. 마음속으로 '세상이 나를 더 많이 필요로 하니 더 열심히 살라고 하는 건가 보다'라고 긍정적으로 받아들였다.

어쩌다 뜻하지 않은 실수와 죄를 범했지만 아직은 희망이 더 큰 청소년들이기에 용서와 이해를 받고 일정기간 지역사회 교화활동을 하면서 저마다 마음을 다잡고 보다 새로운 내일을 준비하는 그들이다. 인생을 몇십 년 아니 50년, 70년을 넘게 살아도 한 순간의 잘못된 판단이나 실수, 사건 사고를 저지르는 이들도 있다. 하물며 이제 막 세상을 접하기 시작한 그들이니 다시 일어설 수 있는 기회를 만들어주고 이끌어줘야 하는 것은 당연한 일이거니와 지역사회에서 손을 잡아주고 등을 밀어주는 것 또한 꼭 필요한 일이다.

우리 회원들은 30여 명으로 매월 월례회의를 하면서 이 중에서도 청소년 자녀를 두고 있다거나 청소년지도 경험이 많은 회원들은 현재 교화활동을 하는 청소년들을 각각 담당하여 그들의 애로점이나 고민을 들어주면서 멘토 역할을 한다. 앞으로 자신의 꿈을 향한 준비를 하고 미래를 향해 거침없이 나아가야 할 그들이다. 일상의 작은 고민이나 갈등마저도 지금의 그들에겐 무거운 짐으로 느껴질 수도 있으니 그것이 짐이 되기 전에 우리 사회가 풀어주고 나누어 지는 일을 하는 것이야말로 그들의 내일을 열어주는 건강하고 아름다운 사회를 만드는 일이기도 하다.

몇 달 전까지는 6개월에 걸쳐 A라는 10대 후반의 청소년을 한 달에 한두 번씩 만났다. 그는 복지관에서 청소와 잡일을 돕고 있었다. 한 번은 내가 "그동안 별일 없었어? 그새 키가 한 뼘은 더 자란 것 같다. 멋진데."라며 그간의 안부를 묻자 자신의 속내를 털어놓았다.

"선생님, 사실은 저 드릴 말씀이 있습니다."

"그래? 편하게 말해 줘. 솔직하게."

"제가 청소도 하고 이런저런 일을 하고 있잖아요. 그런데 반장님이 저를 부를 때 "야.", "야." 하며 불러요. 저도 제 이름이 있는데 듣기 거북하고 기분이 좋지 않아요."

"아, 그랬구나. 당연히 이름을 불러줘야지. 그간 많이 서운했겠구나. 물론 이름을 제대로 부르지 않은 것은 잘못이지만 반장님 입장에서는 나이 차이가 있어서 편하게 하다 보니 그렇게 불렀을지도 몰라. 하지만 어른이라고 할지라도, 아무리 친한 사이라고 할지라도 호칭을 그렇게 하는 것은 잘못된 것이지. 당연히 바꿔야지. 너의 의견을 선생님이 잘 전달할게."

호칭을 제대로 하지 않은 것에 대한 불쾌함을 토로한 그의 입장이 충분히 이해가 되고도 남는 일이었다. 가족이나 친구들 사이에서도 '어이' 또는 '야'라는 식의 호칭은 듣는 이의 입장에서는 당연히 불편하고 화가 나는 일이 아닌가. 가뜩이나 심적으로 주눅이 들어 있거나 마냥 편치 않을 그들에게 이름 석 자마저 제대로 불러주지 않는다면 이는 더 큰 상처가 되고 또 다른 갈등을 안겨주는 일이 될 여지가 충분한 것이다. 어리다고 해서, 죄를 지었다고 해서 존중을 받지 못하면 그 사람은 더욱 거칠어진다. 자리가 사람을 만든다는 말이 괜히 있는 게 아니다. 아직 경험이 부족해 뚜렷하게 스스로를 세우기 힘든 청소년기에는 타인의 시선을 통해 자신을 비추는 비중이 크다. 그렇기에 그의 이름 석 자를 불러주고 또 이 세상 한 사람으로 존중받는다면, 그가 자신을 다르게 생각할 수 있지 않을까?

하는 마음이 들었다.

나는 담당 사회복지사에게 이 사실을 상세하게 전달했다. 그 후로 그는 함께 일하는 반장과 서로 자신의 이름으로 소통하고 불편함이나 불만이 없이 정해진 기간 동안 교화활동을 잘 마칠 수 있었다.

반 세기를 넘게 살아도 인생이 무엇인가에 대한 정답을 찾기란 힘들다. 사노라면 예측불허의 일들이 한두 가지가 아니고 내 의지와는 다른 방향으로 가거나 엉뚱한 결과를 초래하기도 한다. 산다는 것은 누구에게나 녹녹치 않은 것임에 틀림이 없다. 그러니 이제 막 세상을 구경하며 그 이치를 깨닫고자 하는 청소년이나 젊은이들에게는 세상살이가 신선한 도전과 경험이 될 때도 있겠지만 반대로 뚫고 지나갈 수 없는 암벽 같은 장애물이나 건널 수 없는 강으로 여겨지는 일이나 상황도 많을 것이다.

어른다운 어른이 많을 때 우리 사회는 더 밝고 희망적인 사회로 이어진다. 늘 가까이 있는 지역사회의 어른들이 그들의 곁에서 보듬어주고 일깨워주고 이해해 주고 용기를 주면서 가르쳐주는 역할을 해줘야 한다는 게 내 생각이다. 이런 나의 생각에 동참하는 광명시민이라면 언제든지 달려와 함께 힘을 모아 보자고 손 내밀고 싶다.

방법은
찾기 나름이다

코로나19 감염병은 산업 전반은 물론이고 기업과 가정의 경제적 위협요인이 되는 것은 물론이고 개인의 삶과 일상도 바꿔놓고 있다. 벌써 9개월이 넘게 흘렀다. 전혀 예상하지 못했던 감염병의 증상은 무엇보다도 사람과 사람의 간격을 멀어지게 하는 가장 큰 요인이 되고 있어 안타까움만 더해간다.

직진공과 사성작은도서관에서는 해마다 여름방학이면 중고등학생 자원봉사 희망자들을 대상으로 지역사회 어르신들을 위한 자원봉사활동을 펼쳐왔다. 그러나 코로나19 집단 대면활동이 제한되다 보니 지난 7월까지 두 곳 모두 자원봉사프로그램 운영은 멈춰 있는 상황이었다. 우리 국민 누구의 잘못에서 시작된 일이 아니니 원망을 할 일도 아니다. 하지만 마음은 편치 않았다. 무엇보다도 아이들을 기다리고 계실 센터의 어르신들이나 또 어르신들이 모이는 경로당 같은 공간이 일시 폐쇄 등으로 인해 집에서만 갑갑하게 계실 그분들을 생각하면 더욱 그랬다.

이런 와중에도 수시로 걸려오는 전화가 있었다. 어머니들이나 학생들의 전화다.

"관장님, 이번 여름에는 프로그램 운영 못하나요?"

"지난해 자원봉사에 참여했던 중학생 OOO입니다. 올해는 없는 건가요?"

수시로 발표되는 코로나19 방역지침을 모를 리가 없을 터이다. 하지만 모두들 자원봉사 프로그램 참여를 간절히 원했던 터이니 혹시나 해서라도 전화를 거는 것 같았다. 그럴 때마다 대면활동이 불가능하므로 프로그램을 준비하지 못하고 있다는 말을 전해야 하는 나의 입장에서는 마치 내 역할을 제대로 못하고 있는 게 아닌가 하는 자책감이 들기도 했다.

이같은 상황에서 좋은 묘안이 떠올랐다. 감염병의 종식이 언제가 될지도 모르는 상황에서 마냥 기다리고만 있을 수는 없다는 생각에 언텍트시대 비대면 자원봉사활동은 없을까에 대한 고민을 했고 그 결과 가장 먼저 떠오른 것이 있었다. 어르신들을 위한 마스크 줄(목걸이)이었다. 마스크 줄을 손으로 뜨개질을 하여 만들어드리면 수시로 마스크를 쓰고 벗고 할 때마다 호주머니에 접어 넣는 번거로움도 없어지고 외출활동 시 잠시 벗어두었다가 못 챙겨서 분실하는 일도 없을 거라는 판단에서다.

문제는 마스크 줄 뜨기가 학생들 누구나 충분히 할 수 있는 간단한 뜨개질이지만 처음엔 이를 가르쳐주어야 한다는 것이다. 이 또한 의외로 간단한 대안이 있었다. 요즘 대세인 동영상 자료를 활용하면 될 일이 아닌가?

직진공에서 80명, 도서관에서 30여 명의 자원봉사 신청자가 접수됐다. 하지만 사실 속으로는 걱정이 많았다. 과연 학생들이 뜨개질한 줄이 길이나 무늬가 통일되어야 하는데 참여 인원이 많다 보니 행여라도 제각각이면 어쩌나 싶은 것이다. 뜨개질 봉사 작업을 시작해놓고 나는 노심초사했다. 몇 몇 학생들은 개별적으로 직진공 사무실로 찾아와 뜨개질 방법을 배워가기도 했지만 대다수는 무리 없이 스스로 작업을 했다. 꼭 몇 개를 만들어 와야 한다는 제한은 없었다. 현장에 가서 자원봉사 할 때처럼 각자 자신의 진심을 담아 만들어 오길 바랄 뿐이었다.

참여 학생들이 만든 마스크 줄이 모아지고 나서야 나는 안도의 한숨을 쉬었지만 그보다도 감동과 희망을 보았다. 마스크 줄은 총 1,790여 개가 완성됐다. 어쩌면 하나같이 공장에서 제조된 것처럼 크기와 무늬가 통일돼서 놀랍기만 했다. 자원봉사 학생들의 정성과 따뜻한 손길이 스며들어 탄생한 마스크 줄은 광명 관내 노인정, 주간보호센터, 방문요양센터 등으로 각각 보내졌다. 드디어 나도, 학생들도 뿌듯해지는 순간이었다.

'안 되는 일은 없다. 노력하면 된다. 그리고 방법은 찾기 나름이다'는 진리를 다시 한번 되새기게 되는 일이었다. 게다가 기존 봉사활동 프로그램 운영시에는 학생들을 모아 함께 이동하고 활동을 마치면 간식도 챙겨줘야 하므로 학생들도 나도 작지만 각자의 비용이 지출돼야 했다. 하지만 비대면 활동을 하면 그에 따른 비용도 들지 않고 이동으로 인한 시간도 절약되고 별도의 모임공간도 필요하지 않으니 다양한 효과를 거두게 된 것이다.

우리는 살면서 최선을 다했다고 생각하면서도 뒤돌아서서는 '내가 그때 지혜롭지 못했다' 하는 생각을 가질 때가 종종 있다. 어떤 상황에서도 우리가 보다 슬기롭게 대처할 수 있는 방법은 처음부터 없었던 게 아니라 있는데 못 찾았던 것일 뿐이다.

작은 거인!
광명에
살어리랏다

어느 날 잡지기사를 통해 자화상을 보았다.
'봉사와 헌신 20년, 자원봉사만 7천2백여 시간'
특별히 인생2막을 준비할 필요가 없다.
지금까지 살아온 그대로 나눔과 봉사의 길을 걷기로 했다.

마음을 살찌우는
7천2백여 시간

'봉사와 헌신 20년, 자원봉사만 7천2백여 시간'

나도 놀랐다. 올 초 어느 여성잡지 기자가 인터뷰를 한 후 발행된 잡지를 보니 나와 관련된 기사의 제목을 이렇게 달아놓았다. 어느새 많은 세월이 흘렀다는 생각과 함께 내가 쏟은 시간들이 쌓이고 쌓여서 큰 시간더미가 됐다는 사실을 알았다.

왜 자원봉사에 이토록 많은 시간을 쏟았느냐고 물어오면 나의 대답은 늘 한결같다.

"무언가 바뀐다고 믿기에 나는 봉사를 한다. 그리고 내가 지금 누리고 있는 행복과 건강이 나와 우리 가족, 그리고 지역사회 때문에 가능하다고 믿는다면 그들을 위해서 무엇인가를 돕고 싶다는 마음에 원동력이 된다는 걸 경험할 수 있다."

사실 자원봉사를 글로 표현하려면 언어로 글로 표현할 수 없는 부분이 참 많음을 실감한다. 언어로 선택해서 표현하기에는 부족하다는 생각이 들기도 한다. 봉사를 통해서 인간이 경험할 수 있고, 생각할 수 있고, 느낄 수 있는 느낌은 전체적인 것 같다. 우리가 흔히 행복한 마음과 불행한 마음의 차이는 본인의 생각에서 결론내어지는 것이라고 믿지 않는가? 우리는 작은 실천으로 인해 행복을 느낀다. 시간과 함께 먹는 달력의 나이대로 나이를 먹지 않고 마음의 나이를 먹을 수 있는 방법은 자원봉사를 할 줄 아는 진정한 봉사자가 아닐까?

'자원봉사'란 말은 막연히 생각하면 자칫 어렵고 대단하게만 느껴질 수 있는 단어다. 하지만 실제 자원봉사는 약간의 마음속 여유와 노동력만 있으면 가능하다. 내가 참여하고 있는 단체 중 한 동아리의 예를 들면 자원봉사는 정말로 쉽고 재미있고 행복해질 수 있다는 것을 알 수 있다. 그리고 혼자가 아닌 다 함께 할 때 자원봉사의 힘은 더 커지고 지속가능해진다는 것을 알게 된다.

우리 동아리 회원들은 넷째 주 금요일에 밥 봉사를 한다. 사실 우리 동아리 회원들은 처음부터 이같은 봉사활동을 목적으로 만난 것은 아니다. 각자 지역사회에서 단체를 이끌어가면서 서로 지역 내 정보를 교환하고 서로의 애로점을 터놓고 말하고 또 도움을 주고 받는, 말 그대로 삶의 향기를 다 함께 나누기 위함이었다. 하지만 모임

을 거듭하는 가운데 지역사회의 이런저런 상황들을 알게 되고 작으나마 우리의 손길이 뻗칠 수 있는 활동에 대한 논의가 시작되면서 자연스럽게 봉사로 발전되었다.

회원들은 다양한 지역활동가들로 구성되어 있다. 그러니 같은 날 같은 시간에 모여 봉사활동을 펼치기에는 힘든 여건임에 틀림이 없다. 그럼에도 불구하고 자원봉사란 이름으로 회원들의 참여는 적극적이다. 회원들 중 당일 부득이한 사정으로 인해 참여를 못하는 한두 명을 빼고는 대부분이 참여한다. 각자 참여하거나 이끌어가는 단체의 활동도 있고 생업도 유지해 나가려면 한 달에 한 번일지라도 서너 시간의 시간을 할애하는 게 결코 쉬운 일만은 아니다. 광명시를 사랑하고 아끼는 마음과 열정이 바로 우리가 뭉칠 수 있는 힘의 근원이다.

우리 동아리 회원들은 하나같이 말한다. 봉사활동으로 인해 동아리 모임도 더 견고해지고 있으며 회원들 간의 정도 돈독해지는 동기가 되었다고. 작은 것들이 하나둘 모여 쌓이면 태산도 움직일 수 있듯이 작은 마음들이 모여 우리가 살고 있는 이웃과 지역사회가 훈훈해지는 것 같다.

지난 20여 년 간 지속되어온 나의 봉사활동 속에 7천2백여 시간이 켜켜이 쌓인 것 또한 마찬가지로 나 혼자만의 힘으로는 불가능했을 것이다. 늘 함께 참여하는 회원들이 있었기에 가능했다고 본다. 직진공이나 사성작은도서관을 비롯해 내가 활동하는 모든 단체는 자원봉사에 참여하는 회원들의 힘이 모아져 결실을 이루고 있다. 나 또한 그곳의 한 사람일 뿐이고 그 한 사람 한 사람이 뭉쳐진 결과이리라.

나는 50대 후반의 나이에 서 있다. 지난 20여 년간의 활동은 자원봉사의 실행방법을 익히고 참뜻을 배운 소중한 시간이었다고 말한다면 이제 앞으로의 20년은 체험을 통해 익히고 구축한 노하우를 더 다양한 분야로, 그리고 더 많은 사람들과 함께 확대해 나가는 시간이 되지 않을까 싶다.

수혜자가 만족해야
진정한 봉사다

우리는 종종 '차라리 하지 않음만 못하다'거나 '하려면 제대로 해라'는 말을 하곤 한다. 자원봉사에서도 귀담아 들어야 하는 말이 아닐까 싶다.

자원봉사를 희망하는 학생과 일반인들을 대상으로 자원봉사의 진정한 의미에 대해서 교육을 실시하곤 한다. 나보다 힘들고 어려운 환경에 처한 누군가를 위해서 사회발전을 위해서 자원봉사자가 되겠다고 나서는 이들의 마음, 그 진정성 자체에 대해서는 의심할 여지가 없다. 다만 자신은 최선을 다했다고 생각하고 있는데 결과는 내 생각이나 노력과는 다르게 나타났다면 헛수고한 것은 물론이고 자칫 상대에게는 민폐가 될 수도 있다. 도움을 받고 만족스러워해야 할 수혜자가 되레 불편했다거나 만족스럽지 못했다면 그것은 자원봉사가 아니다. 실행방법에 있어서 사전에 철저한 마음과 행동의 준비가 필요하다.

자원봉사 활동을 이끌면서 늘 활동가로 나선 대상자들에게 사전교육을 실시한다. 항상 강조하는 것이 '상대의 입장에서 생각해 보자', '어떻게 해야만 상대가 원하는 방향의 도움을 줄 수 있을까?', '나 또한 보람된 활동이 될 수 있을까'에 대한 질문을 스스로 던지고 이에 대한 진지한 고민과 효과적인 실행방법을 찾아야 한다고 설명한다. 의도가 선하다고 해서 결과가 보장이 되는 것도 아니고 받는 상대의 불편함이 경감되지도 않는다. 그렇기에 시작 전에 꼭 한 가지 나의 사례를 들려주곤 한다. 내 머릿속에서 사라지지 않는 부끄러운 일이지만 나의 경험을 들려줌으로써 다른 자원봉사자들이 나와 똑같은 실수를 하지 않도록 하기 위해서다.

자원봉사활동에 나선 초창기의 일이다. 그 당시 나는 봉사활동을 통한 보람과 만족을 앞세운 나머지 상대에 대한 세심한 배려에는 미흡했던 것 같다. 장애인복지시설을 찾아갔었다. 휠체어에 몸을 의지해야 하는 장애인 여성을 도와 공원을 산책시켜주는 일이었다.

마음속은 의욕으로 불타오르고 있었던가 보다. 휠체어 밀어주기는 처음 하는 일이었지만 그렇게 힘들게 느껴지지 않았다. 오히려 즐겁기만 했다. 나도 모르게 휠체어를 미는 게 신이 났던지 속도를 내서 밀었던 것 같다. 나는 그 속도가 빠르다는 것을 느끼지도 못했고 나 자신의 보람과 만족감에만 취해 휠체어에 앉아 있는 장애인의 입장은 세심하게 고려하지 못했던 것이다. 봉사활동이 끝나고 돌아가기 위해 인사를 할 때였다. 상대가 말했다.

"수고하셨고 감사합니다. 그런데 사실 아까 밀어주실 때 저는 조금 무섭고 겁이 났었습니다. 조금 빠르게 밀어주셨거든요."

전혀 생각도 못했던 예상 밖의 말이었다. 얼굴이 홍당무가 되어 미안하기도 하고 또 죄송하다는 말만 나왔다. 입장을 바꿔 생각해 보면 간절히 기다리던 공원산책을 한 그분의 마음이 얼마나 불안했을까를 충분히 알 수 있는 일인 것이다. 뒤에서 미는 사람은 모르지만 휠체어에 탄 사람은 정면을 바라보고 있으니 속도감으로 인해 즐거운 시간이 되기는커녕 내내 불안감으로 초초하고 무서웠을 일이다. 나로 하여금 내가 좀 더 생각이 깊었더라면, 내가 휠체어에 타고 있었다고 입장 바꿔 생각을 해보았더라면 하는 후회와 반성의 시간을 갖게 했다.

그 후로 나는 어떤 자원봉사를 하든지 먼저 상대의 입장에 서서 내가 어떻게 도움 주면 더 좋을지에 대해 고민도 해보고 직접 물어도 보고 행동하는 습관을 갖게 됐다. 사람들과의 접촉이 거의 없어서 누구든지 얼굴 보며 함께 대화를 하면서 즐거운 시간을 갖기를 원하는 사람에게 대화는 하지 않고 먹을 것만 무더기로 안겨주고 떠난다면 그 먹거리가 아무리 좋은 것인들 그 사람에게는 무용지물이 되는 것이나 다름없는 일이다. 진정한 자원봉사는 내가 즐겁고 만족스러웠다면서 자랑할 수 있는 그런 활동이 아니다. 내가 하려는 활동이 나의 도움을 받게 될 수혜자인 상대가 꼭 필요로 하는 것이어야 하고 실행으로 옮긴 결과 상대가 만족스러웠다고 할 때 진정한 봉사활동이 되는 것이다.

선의만으로 세상을 바꿀 수 있다고 생각하는 건 메르헨적인 판타지일 뿐이다. 봉사는 상대방을 위해 할 수 있는 행동을 계산하고 배려하며 시행하는 것이어야 한다. 나는 그날의 경험을 통해 모든 일을 잘 해내려면 올바른 경험이 소중하다는 것을 깊이 새기게 되었다. 즐거움도 만족도 상대가 먼저일 때 진정한 봉사활동으로 남게 된다는 것을 자원봉사활동에 입문하려는 이들에게 알려줄 수 있어서 한편으로는 그날의 실수가 좋은 교훈이 되었다는 생각도 든다.

나눔으로 얻고
깨닫게 되는 것들

"나이 들면 어떻게 살 겁니까?"

사람들의 답은 제각각이다.

"기운이 없으면 몰라도 내 발로 움직일 수 있을 때까지는 뭐라도 해야지. 그래야 손주들 용돈이라도 주고 나도 먹고 살지."

"좀 쉬면서 살아야지. 여행도 다니고 못해 본 것도 하고."

"취미생활이나 즐길 거야. 골프도 좀 치고 악기나 하나 배워볼까 싶네."

직장생활 30년, 40년을 퇴직하는 사람들은 물론이고 자녀들의 출가로 인해 가사노동으로부터 해방된 전업주부들도 노년기를 앞두고 현업에서 은퇴한 후에는 저마다 하고 싶은 게 있다. 꼭 일이 아니더라도 수십 년간 하고 싶었지만 못하고 살았던 시간들을 보상받으려고 한다. 가족이 아닌 타인이 보더라도 그들의 이같은 생각과 선택은 지극히 당연한 것이다. 다만 한 가지 그들의 은퇴 후 하고 싶은 일 중 지식, 재능, 시간을 나누겠다는 것이 빠져 있다는 게 아쉽게 느껴질 때가 종종 있다. 이런 아쉬움이 비단 나만의 생각은 아닌 것 같다.

1년 전인가. 기자 출신의 비슷한 또래 지인이 한 말이 아직도 기억에 생생하다. 자신이 7년 전 인생2막 관련 책을 쓸 때 만난 인터뷰이들은 물론이고 2년 전 버킷리스트에 관한 책을 쓸 때 한 설문조사에서도 50대 이후 연령대 30여 명의 응답자들 대다수는 버킷리스트 중 한 가지로 '봉사'를 꼽더란다. 그는 무작위로 실시한 설문조사가 아니고 개인적인 친분관계나 지인들이 대다수였기에 이런 통계가 나왔을 거라고 했다. 하지만 우리나라 전체 시니어들을 대상으로 유사한 설문조사를 실시하면 봉사를 하겠다는 통계는 전체 응답자의 50% 수준이 안 될 것이라고 했다. 그리고 그는 말했다.

"내가 10여 년 넘게 방송, 잡지 등의 원고를 준비하고자 수없이 많은 시니어들을 만났고 강의를 통해서 만난 시니어들의 숫자만도 1천여 명은 족히 됩니다. 그들을 만날 때 한 번씩 꼭 묻는 질문이 있다면 '노년기 인생을 어떻게 살 것인가?'였어요. 저마다 나름 멋진 플랜과 버킷리스트를 가진 이들이 많았지만 나눔이나 봉사를 꼽는 이들의 수는 많지 않더라구요. 열 명 중 서너 명 정도요."

그의 이런 말을 들으면서 한편으로는 희망적이라는 생각도 든다. 시니어들의 30% 이상은 사회를 위해 자원봉사나 재능기부를 할 계획이 있다는 것이다. 나눔과 봉사는 세상에서 가장 좋은 바이러스라고 한다. 그간 지역사회에서 다양한 자원봉사활동을 하면서 나는 새로운 자원봉사자들이 참여하는 것을 지켜봤다. 그리고 이미 그들이 하는 말을 생생하게 들었다. 그들의 말은 한결같다. 막상 참여해 보니 자신이 기쁘고 즐겁기 때문에 더 열심히 참여하게 된다는 것이다. 나눔은 동정이나 헌신이 아니라 자신의 기쁨이자 즐거움이라는 것을 알게 됐다고. 그러니 그들은 누가 시키지 않아도 누가 지켜보지 않아도 자발적으로 지역사회 봉사활동에 참여하는 것이다.

미국의 카터 전 대통령은 과거의 정치인임에도 불구하고 국내 뉴스에도 심심찮게 보도되곤 한다. 90대 중반을 넘어선 나이에도 불구하고 집 없는 가난한 이들을 위해 집을 지어주는 해비타트 집짓기 봉사활동을 위해 전 세계 곳곳을 다니기 때문이다. 2년 전 가을에는 낙상으로 열네 바늘을 꿰매는 상처를 입고도 사랑의 집짓기 행사에 참석했다는 뉴스가 나왔다. 이제는 세인들의 관심사에서 잊혀질 법도 한 남의 나라 대통령의 노년 활동이 우리의 매스컴에 단골처럼 등장하는 이유가 뭘까? 나이 들어 탈세나 성추행을 한 기업인이나 전직 정치인, 고위공직자들의 뉴스가 수시로 화두가 되는 우리의 현실에 대한 경종이 아니고 그 무엇이겠는가?

누구나 한 가지 재주는 다 갖고 태어난다는 말이 있다. 설령 그

재주마저도 없다고 치자. 인생 50년, 60년을 살았는데 잘 할 수 있는 일 한 가지는 다 있기 마련이다. 실제로 60대 초반의 한 여성은 집안 살림을 오래 하다 보니 음식 잘 만드는 게 주특기가 됐기에 지난해부터는 홀몸 어르신들 반찬 만들어 드리는 자원봉사에 참여한다는 얘기를 들었다.

무엇이든 자신의 주특기를 사회에 나누고자 한다면 얼마든지 찾을 수 있을 것이다. 사회보장제도가 강화될수록 노년의 삶은 무엇보다도 외롭지 않고 아프지 않아야 한다. 내가 가진 무엇이든 그걸 나누는 활동이야말로 정신적인 풍요와 함께 건강도 따라주지 않을까 싶다.

도움도 타이밍이 맞아야
빛을 발한다

"요즘 많이 힘들죠?"

"말도 마요. 예전의 절반도 안 되는 날이 많아요."

"참 걱정이네요. 좀 나아지겠지요. 힘내세요. 주말에 기회 되면
또 올게요."

"그러면 감사하죠. 정말이지 이번 달엔 돈 들어가는 일도 많은데
재난지원금이라도 받아서 그나마 잘 넘기고 있네요."

얼마 전 점심시간에 지인과 함께 전에 가끔씩 들르던 식당에 갔
더니 그곳 역시 손님이 예전에 비해 많이 줄어들었다는 것을 알게
됐다. 소상공인들과 자영업자들의 상황을 뉴스로 듣고 지인들을 통

해서 전해 듣긴 했지만 주인에게 직접 들으니 안타까운 마음이 전해졌다. 아이들이 크다 보니 주말에도 다 제각각 바쁘게 움직일 때가 많아서 사실 가족이 외식을 자주 하는 편은 아니지만 마음은 조만간에 꼭 들르고 싶었다. 빈말 하기를 좋아하는 성격은 아니지만 안타까운 마음에 나도 모르게 "기회 되면 또 올게요." 하는 소리가 저절로 나왔다.

지인과 점심을 먹고 식당을 나오면서 뒤돌아서 다시 한번 그 집 간판을 바라보았다. 예전에야 그냥 음식 먹고 나올 때 서로 "와주셔서 고맙습니다.", "맛있게 잘 먹었습니다."라는 말만 하면 그것으로 끝이었는데 왠지 마음 한 켠에서 '잘 되어야 할텐데' 하는 혼잣말이 터져나오면서 한숨과 함께 걱정이 남는다.

그날 사무실에 들어와 자리에 앉았는데 불현듯 10여 년 전의 일이 떠올랐다. 대한청소년육성회광명시지회장을 맡고 있던 나로서는 갑자기 걱정의 무게가 한 보따리였다. 평소에는 몰랐다. 하지만 사무실을 이전하려고 짐을 정리하다 보니 사용하던 가구들이 하나같이 낡았다. 평소 벽쪽을 향해 가려져 있던 책장의 뒷부분은 여기저기 곰팡이가 끼어서 뜯어지기 직전이었고, 책상과 의자도 삐그덕 소리를 냈다. 의자야 다시 나사못을 고정시키면 사용할 수 있겠는데 책상은 여기저기 흠이 눈에 띄었다. 컴퓨터를 올려놓으면 공간이 너무 좁아서 더 큰 것이 필요했지만 그냥 사용하고 있던 터였다. 어디 그뿐인가. 이것저것 사무실에 필요한 집기류들을 챙기다 보니 새로 필요한 게 한두 개가 아니었다.

시쳇말로 머리가 아팠다. 중고사무집기 판매장을 찾아가 봐야 하나? 우리 집에서라도 가져올 게 없을까? 이런저런 고민을 하고 있을 즈음 한 통의 전화가 걸려왔다. 그 무렵 청소년유해업소 단속활동을 함께 했던 해병대전우회 손대호 회장이었다.

"사무실 이전한다고 들었는데 잘 하셨어요?"

"내일 이전합니다."

"여러모로 바쁘시겠어요? 제가 뭐 도울 일이 없을까요?"

"용달 불러서 해서 괜찮아요. 그나저나 이것저것 정리하다 보니 걱정만 느네요. 새로 장만해야 할 집기들도 많은데……."

"그러시군요. 사무실 살림살이까지 챙기시려면 힘드시겠네요. 제가 조금이라도 힘이 돼 주고 싶은데요. 필요한 거 있으면 알려주세요."

그분도 나도 지역사회 활동을 하느라 알게 모르게 사비가 들어가는 일도 많은데 개인적으로라도 돕고 싶다고 하니 고마우면서도 한편으로는 미안했다. 하지만 나 개인적인 일이 아닌데다 사무집기류는 언제 구입해도 해야 하는 것이기에 속내를 털어놓고 말았다. 형제들이나 아주 친한 친구가 아니고서는 여간해서야 누구에게 아쉬운 소리를 하지 않는 나로서는 그만큼 절박한 심정이었던 것 같다.

이튿날 이전한 사무실에 도착했더니 손 회장은 먼저 와 있었다. 그러면서 필요한 집기류가 무엇인지 알려달라면서 메모를 했다. 그리고 그날 오후 사무실에 책장을 비롯한 집기류 여러 가지가 새살림으로 들어와 사무실이 초라하지 않게 제법 구색을 맞춰주었다. 어림 잡아 계산을 해봐도 비용이 100여만 원은 족히 들어갔을 터였다. 감사하고 또 감사했다. 내가 자청해서 시작한 지역사회 봉사활동이니 가족들에게 부탁을 하려 해도 면목이 없어 말을 꺼내지 못하고 있던 상황에서 이렇게 큰 도움을 받고 나니 그분의 지역사랑과 마음 씀씀이가 더 새롭게 느껴졌다. 세상에 땀흘려 번 자기 돈 아깝지 않은 사람이 어디 있겠는가? 그럼에도 불구하고 같은 지역에서 활동하는 단체라고 해서 그렇게까지 마음을 써준다는 것이 더없이 따뜻하게 느껴졌고 감동 그 이상의 선물이 됐다.

불경기로 인해 여기저기서 힘들다는 사람들의 이야기가 들려온다. 그런 사연을 전해 들으면 친척이나 친구가 아니어도 가슴이 아픈 게 인지상정이다. 이번 주말에는 가족들과 함께 지난번에 들렀던 그 식당에 가야겠다는 생각이 든다. 우리 가족이 한 끼 식사를 한다고 해서 당장 큰 도움이 되는 것은 아니겠지만 많은 사람들이 이웃 소상공인이나 자영업자들에게 작은 힘을 실어준다면 곧 한겨울을 맞이하게 될 그들이 덜 춥지 않겠는가.

어려울 때일수록
더 소중하게 와 닿는 것들

　사노라면 불가항력적인 상황들과 맞닥뜨릴 때가 있다. '하늘이 무너져도 솟아날 구멍은 있다'는 말이 있긴 하지만 아무리 궁리를 해봐도 현실의 무게를 감당하기 얼려울 때가 있다. 그럴 때 누군가가 먼저 손을 잡아준다면 이보다 더 아름다운 일은 없다.

　우리에게 삶의 장애물은 시시각각 다양한 형태로 나타난다. 특히 자본주의 사회에서 피해갈 수 없는 안타까운 일 중 하나는 경제적인 측면에서의 어려움이다. 나이, 직업, 성별 모든 것을 떠나서 누구에게나 심적 고통을 수반하게 만든다. 이 때문에 누군가 절박한 상황에 처할 때일수록 외면하지 말고 따뜻한 밥 한 끼라도 사주며

위로의 말을 건네주는 것은 그야말로 인간적인 일로 통한다. 그런가 하면 진정으로 따뜻한 베풂과 나눔은 상대가 손을 내밀 때 도와주는 게 아니고 먼저 상대의 입장과 처지, 그리고 마음을 헤아리고 상대가 '도와달라'는 말을 하기 전에 가까이 다가서는 것이라고 말하는 이들도 있다. 흉년이 되면 쌀을 비축해둔 곳간을 헐어 사방 백리 안에 굶어 죽는 사람이 없게끔 나눠주었다는 경주 최부자네의 얘기가 한국의 대표적인 노블레스오블리주(noblesse oblige)로 전해지는 이유일 것이다.

나눔의 방법은 제각각 다를 수 있지만 고통을 나누고 어려움을 함께 극복하는 일이라면 어떤 일이든 실행으로 옮기면 될 일이다. 그것은 누구에게나 실행으로 옮길 수 있는 기회를 부여해 주는 가장 평등한 무자격 실천방법이리라.

코로나19로 인해 올 한 해는 전 세계가 불황에 빠져 있다. 최근 수십 년 사이에 전례가 없던 전국민긴급재난지원금이 지원될 정도로 우리 사회 또한 가정이고 기업이고 할 것 없이 경제적 위기를 겪는 이들이 적지 않다. 지난 2월 이후 내내 감염병 확산으로 인한 심적 부담 못지않게 경제적 불안감까지 겹쳐지면서 이제는 누구랄 것 없이 모두가 어려운 시기를 보내고 있다. 나로서는 지역사회 활동가인 만큼 어떻게 하면 작은 행복이라도 함께 나눌 수 있을까에 대한 고민을 하게 만든다. 하지만 나 혼자의 힘으로만 되는 일도 아닌데다 언택트시대에 상응하는 활동이어야 하다 보니 전례없는 어떤 새로운 활동을 펼치는 것은 그리 쉽지 않은 일이다.

그런데 어찌된 일일까? 지난 6월 K지역신문사에서는 직진공과 나에 대한 뉴스를 실었고 그것을 본 나는 적잖게 당황스러울 따름이었다.

– 매년 6회에 걸쳐 청소년장학금 전달, 취약계층 감염병 예방을 위한 마스크 나눔, 청소년의 숨은 꿈과 끼 개발에 앞장 –

사실 장학금 지원은 직업진로체험공동체의 이름으로 이미 오래 전부터 지속해 온 일이다. 미래의 지역인재로 촉망되고, 지역에 봉사하고 품행이 단정한 학생을 추천받아 분기별로 전달해 왔다. 올 들어 갑자기 한 일이 아닌데 뉴스화되어 나오니 나름 부끄러울 따름이다. 게다가 마스크 나눔이야 작은 마음만 있어도 행할 수 있는 일이니 되레 내 몸이 움츠러든다. 아마도 신문기자는 시기적으로 어려운 상황인 만큼 따뜻함이 묻어나는 기사를 싣고자 알음알음 정보를 찾아낸 것 같다는 생각이 든다.

초복을 며칠 앞둔 7월 13일이었다. 직진공과 ㈜크로앙스상인회는 지역 내 저소득층과 독거노인방문요양, 주간보호센터에 삼계탕 5백 그릇을 전달했다. 삼계탕 한 그릇이 수만 원을 하는 것도 아니니 평범한 가정에서야 그리 엄청난 선물이 아닌 것이다. 마음만 먹으면 식당에 가서 온 가족이 사 먹고도 남을 일이지만 그야말로 한

푼이 아쉬운 저소득층 입장에서는 또 거동이 불편한 어르신들로서는 삼계탕 한 그릇이 돈을 떠나 가슴에 먼저 와 닿지 않았을까 싶다. 여느 때 같으면 이런 별식이야 먹어도 그만 안 먹어도 그만이지만 특히 올해 같은 힘든 시대상황에서는 복날을 앞두고 먹는 삼계탕 한 그릇의 가치와 느낌이 다를 것이라는 생각에 우리는 더더욱 정성을 모았고 실행으로 옮긴 것이다.

솔직히 말해 신문기사를 놓고 보면 나는 물론이고 지역사회 활동에 동참하는 회원들이나 자원봉사자들에게 그리 중요하지 않다. 장학금은 미래를 향해 거침없이 꿈을 펼쳐나가야 할 청소년들에게 작으나마 경제적 보탬이 되어주고 용기와 도전을 응원한다는 의미에서 소중한 가치가 있다고 느낀다. 또 저소득층과 어르신들을 위한 나눔은 자원봉사와 나눔을 통해 솔선수범하는 지역사회 공동체들이 있기에 '당신은 혼자가 아닙니다'라는 메시지를 가슴에 전했다는 의미가 크다. 그리고 무엇보다도 뿌듯한 것은 이런 활동을 실행으로 옮긴 당사자들의 가슴과 머리가 행복의 씨앗으로 가득 차 있다는 것이다.

스스로 답을 찾게 하는 것도
리더십이다

"어떻게 그렇게 많은 단체활동을 할 수 있는지 참 대단하십니다. 게다가 일반 회원이 아니고 대부분 리더 입장이던데요?"

가끔씩 지역 언론사와 인터뷰를 하거나 새롭게 만난 이들과 대화 시 이런 질문을 받곤 한다. 사실 가장 큰 힘은 모든 단체에서 함께 활동하는 회원들이 믿고 따라주는 것이기에 감사할 따름이다.

모든 단체활동이 사람과 사람의 만남으로 이루어지는 만큼 서로 다른 성격과 견해를 지닌 사람들이 하나로 몽쳐지기까지는 불협화음이 수시로 발생하는 것이 당연한 일이다. 그 속에서 더 좋은 방법이나 길이 생길 수도 있다. 가지 많은 나무에 바람 잘 날 없다고 하지만 그 가지들이 서로를 꺾어버리는 일만 없다면 시간이 흐를수록 나무는 풍성한 가지와 잎으로 더 멋진 자태를 만들 수 있는 것이다. 물론 다수의 사람들이 모인 집단이 하나의 목표를 이루는 과정에서는 수장의 리더십이 필수인 것은 사실이다. 중심이 없으면 배가 산으로 가는 일은 얼마든지 발생할 수 있다. 리더가 필요한 이유도 그때문일 것이다.

어느 단체라고 할 것 없이 회원들 간의 의견이 분분한 일은 수시로 생기기 마련이다. 그럴 때마다 초기단계에서는 모른 척하는 편이다. 일단 회원들끼리 서로의 의견을 열심히 피력하면서 또 상대의 의견을 들을 수 있게 내버려둔다. 한 시간이든 두 시간이 됐든 토론이 끝날 때까지 기다려준다. 무엇보다도 말하고 싶은 사람의 말을 막지 않는다. 맘껏 쏟아놓게 한다. 적어도 이성의 한계를 넘어선 언쟁이 아니라면 가슴속에 있는 것을 다 풀어놓도록 지켜보고 있는 편이다. 이때 누구의 의견이 옳고 그르다고 편을 들거나 결정을 내리지 않는다. 사람은 누구든지 하고 싶은 말을 참으면 병이 된다. 차라리 다 쏟아놓고 다른 이의 얘기도 다 들어보아야만 자신의 의견이나 생각과 비교도 해볼 수 있기 때문이다.

장시간 동안의 언쟁이 잠잠해지면 그때 내가 나설 차례다.

"여러분들이 이렇게까지 시끄럽게 서로의 생각과 의견을 토로한다는 것은 우리가 서로에게 그리고 우리 단체에 그만큼 애정과 관심이 있다는 겁니다. 그래서 저는 여러분들에게 감사하고 우리 단체가

더욱 성숙하고 발전할 거라는 기대를 갖게 됩니다.”

먼저 단체장으로서의 입장을 긍정적으로 표명하고 다음은 이런 질문을 던진다.

“단 여러분들에게 꼭 하고 싶은 말은 지금까지 여러분들 각자 펼친 주장이 과연 모두를 위한 것이었는지? 아니면 나 자신의 생각과 입장에서 하고 싶은 말을 한 것인지에 대해서는 다시 한번 곰곰이 생각해 보시길 바랍니다. 그러면 앞으로 우리가 어떤 방향으로 결정을 하고 내가 가야 하는지에 대한 답이 나타날 겁니다.”

내가 단체장이니까 리더이니까 “A! 당신의 말은 틀렸고”, “B! 당신의 의견은 이런 부분에서 논리가 부족하다."라는 식으로 직접 결론을 내는 방식은 결코 바람직하지 않다. 그것은 '내 결정에 따르라'는 식의 강압적인 일이다. 현명한 리더십이 아닌 그저 구태의연한 독불장군형 리더의 행태일 뿐이다.

다수의 회원들을 하나로 뭉치게 하여 함께 힘을 합쳐야 하는 단체장은 운동팀의 감독이나 코치가 아니다. 일일이 이렇게 해야만 정석이라고 가르치고 지시하는 것은 결코 답이 아니라는 게 나의 지론이다. 민간단체를 이끌고 가는 리더는 무엇보다도 회원들이 내는 목소리를 일단 다 들어주면서 그들 스스로 '내가 어떠한 마인드로 이 단체에 참여해야 하는가?', '우리 단체는 어떻게 가야만 좋은 결과를 도출해낼 수 있을까?'에 대해 고민하고 스스로 답을 얻을 수 있도록 유도하는 것이 현명한 리더십이라는 생각이다.

오늘도 나는 많은 분들에게 고맙고 감사한 마음이다. 내가 참여하고 또 이끄는 지역사회 단체의 회원들과 또 우리의 활동을 지켜보고 응원해 주시는 모든 분들께.

나눔, 소통
그리고 환경

　'아이를 낳으면 온 마을이 키운다'는 말이 있다. 예로부터 이웃 간의 정과 나눔 소통을 중시해 온 우리 선조들은 서로 돕고 챙기는 것은 물론이고 아이들에게 모범을 보이는 어른의 자세도 중요했다. 마을은 그 자체만으로 아이들의 몸과 마음, 그리고 정신을 키워주는 교육공동체였던 것이다.

　실제로 시골에서 어린 시절을 보낸 나는 마을공동체의 힘을 몸소 체험했다. 특별한 놀이기구가 없었어도 마을 아이들과 함께 뛰어놀면서 체력도 기르고 즐겁게 지냈고 어른들을 만나면 무조건 인사를 했다. 어른들은 "인사도 잘 하고 착하네.", "다치지 않게 놀아라."

라는 덕담을 해주셨다. 남녀노소 누구랄 것 없이 마을사람들에게 소통은 자연스럽게 이루어지는 일상이었다. 동네 어느 집에 애경사가 있으면 어른들은 너 나 할 것 없이 하나가 되어 서로 도우며 함께 슬퍼하고 기뻐하는 문화였다. 결혼식이나 환갑잔치가 열리고 어른신들 생신이 돌아오면 음식을 나누는 일은 아주 자연스러운 일이었다.

나는 지금 아파트에 살고 있다. 입주자대표가 되어 우리 아파트 단지와 관련된 이런저런 일들을 입주자를 대표하여 챙기는 입장이 됐다. 지역사회에서 참여하는 활동이 한두 가지가 아니거늘 굳이 일거리 하나 더 만들 일은 없었던 내가 선뜻 입주자대표를 맡게 된 데는 그럴 만한 이유가 있다. 늘 마음속으로 생각해 오던 것 바로 '마을공동체'에 대한 숨은 생각과 열정 때문이었다.

언제부터인가 아파트가 개인주의로 치닫는 현대사회의 현장처럼 되어가는 모습이 씁쓸하게 느껴졌다. 이 아파트, 저 아파트, 너 나 할 것 없이 주거공간으로서의 아파트는 개개인의 삶에만 치우친 사적 공간으로만 그 역할을 다 할 뿐 공동체적인 관점에서의 역할은 거의 없다시피한 게 현실이다. 우리의 삶이 단지 나와 우리 가족만 평온하고 잘 사는 그런 인생이 된다면 그건 참 씁쓸한 일이다. 가까이 사는 이웃과 음식을 나누고 대화를 나누고 서로의 안부를 챙겨주는 것이야말로 가장 인간답게 사는 모습의 시작이고 더불어 함께 하는 삶이다. 1미터 앞에 살고 있는 이웃의 안녕도 못 챙긴다면 그게 어디 사람다운 삶이겠는가?

나는 생각했다. 같은 건물 같은 지역에 사는 이웃이 함께 만나 서로의 삶을 건강하고 아름답게 만들어주는 재미있는 그 어떤 일을 함께 만들고 서로 협력하며 어우러지는 그런 테마는 무엇일까? 무늬만 아파트 입주자대표가 아니라 아이부터 어른들까지 입주민들이 함께 모여 토론하고 함께 실천할 수 있는 일을 이끌어내는 것이 바로 입주자대표가 해야 할 일이 아닌가.

코로나19가 아니었더라면 이미 여러 차례 실시했을 테마 중 하나가 바로 '나눔바자회'다. 어느새 우리나라는 선진국이 됐고 물질적으로 나름 풍요로운 문화 속에서 살고 있다. 우리의 부모님 세대가 보릿고개를 간신히 넘기며 살아온 시절들이 엊그제 일만 같은데 지금은 되레 차고 넘치는 세상이다. '넘치면 부족한 것만 못하다'는 옛말이 저절로 떠오르듯 이제는 물건을 버리는데도 비용을 지불해야 하는 시대가 됐다. 한동안 '아나바다 운동'이 우리 사회 곳곳에서 일어났지만 최근에 와서는 전 국민에게로 확산되기보다는 오히려 활성화되지 못하고 있는 것 같은 모습이다.

같은 아파트에 거주하는 주민들이 서로에게 필요없는 물건들을 가지고 나와 각자 필요한 물건을 교환하는 장터를 만들고 싶다. 당장 사용해도 무관한 멀쩡한 물건들을 집에 쌓아두어야 짐이 될 뿐이니 사용하지 않는 다양한 물건들을 내놓고 필요한 사람들은 가져가 사용하면 되는 것이다. 이 과정에서 창출되는 수익금을 온정과 보살핌이 필요한 어르신들이나 아이들에게 쓸 수 있게 된다면 소통, 나눔, 환경보호 이 모든 것들을 동시에 만들어가는 마을사람들의 자발적인 공동체문화가 형성된다. 그러니 진정으로 다함께 행복을 만들어가는 프로젝트가 아니겠는가.

스페인 영화의 거장으로 불리는 영화감독 페르도 알모도바르의 작품 '정열의 미로'에는 스페인의 수도인 마드리드의 명물로 불리는 벼룩시장 '엘 라스트로(El Rastro)'가 등장한다. 재활용과 소통, 그리고 문화와 역사를 잇는 시장으로 유명하다. 매주 일요일에 열리는 유럽에서 가장 오래된 벼룩시장으로 무려 5백여 년의 역사를 담고 있다고 한다. 몇 년 전 스페인 여행을 다녀온 지인으로부터 지금은 스페인을 찾는 관광객들에게 빼놓을 수 없는 명소가 되고 있다는 얘기를 들었다.

나는 스페인의 엘 라스트로 같은 거창한 벼룩시장을 꿈꾸지는 않는다. 소망하건대 우리 아파트 단지의 나눔바자회가 자리매김하여 이웃 동네의 사람들과도 함께 여는 바자회로 활성화되면서 광명 내에서 시민과 시민의 마음을 잇는 가교가 되었으면 하는 바람일 뿐이다.

바다는 그냥 바다가 되지 않았을 터이다. 계곡물이 모여 강을 이루고, 강물들이 바다로 이어지면서 넓고 깊고 푸른 바다가 만들어졌을 것이다. 마을공동체 또한 출발은 작을지라도 결과는 거대하게 만들 수 있다. 다섯 명이 모여서 실천하다 보면 열 명이 되고, 그다음엔 삼십 명, 백 명으로 참여하는 시민들은 늘어날 것이다.

시대 흐름에 박자를
맞추는 건 필수

　세상이 변하는 속도가 그야말로 빛과 같다는 게 잘 맞아 떨어지는 게 요즘 현실이다. 자고 일어나면 세상이 변한다는 말이 실감이 날 정도다.

　TV를 보다 보면 뉴스에서 제조업 현장의 스마트화가 나오곤 한다. 스마트폰만 있으면 사장은 외부 활동을 하면서도 공장이 돌아가는 상황을 훤히 안다. 주문 받은 제품 중 하룻 동안 생산한 물량은 물론이고 불량품 개수까지 안다. 공장에서는 사물인터넷, 인공지능, 사람과 함께 일하는 협동로봇 등이 하나의 시스템으로 연결되어 현장 작업자는 버튼을 누르거나 장비에 바코드만 접촉시키면 생산할

제품의 사양과 개수가 모니터로 나타나고 생산 기계들이 움직인다. 조금은 낯설기도 하면서도 IT기술의 발달은 세상을 정말 놀라울 만큼 바꿔놓고 있다는 것을 실감하곤 한다.

산업현장만이 아니라 도시인들이 느끼는 일상 또한 변화는 지속되고 있다. 마트에서는 자동계산대가 생기면서 점원의 도움 없이 셀프계산이 가능하다. 알게 모르게 우리가 접하는 일상에서의 환경도 시시각각 진화하고 있는 게 사실이다. 지역사회 활동을 하다 보니 사람들도 많이 만나게 되고 자연스럽게 보는 것도 많아지고 새로운 것을 알게 되는 계기도 많다. 그래서인지 나름대로 사회 변화에 그렇게 뒤처지고 있다는 생각은 하지 않았던 것 같다.

정저지와(井底之蛙)! 우물 안 개구리라고 했던가? 3년 전 그야말로 뒤통수를 얻어맞은 듯 나 자신이 세상의 변화를 읽고 있지 못하고 있었다는 자각을 하는 일이 있었다.

자주는 아니더라도 두 달에 한두 번은 남편과 함께 영화나 연극 또는 뮤지컬을 관람하곤 한다. 아이들이 다 컸으니 이제는 우리 부부도 시간이 주어질 때마다 휴식 겸 문화생활 겸 둘만의 시간을 종종 갖는다. 토요일이었다. 그날도 우리는 서울 대학로 소극장에서 연극 한 편을 봤다.

젊은층이 많은 거리에서는 오가는 그들과 건물의 상호를 눈으로 보는 것 자체만으로도 신선하고 또 이채롭다. 20대 딸이 셋이나 있으니 아무래도 젊은이들의 사고나 트랜드를 빠르게 접하고 이해하게 되지만 거리에서의 갖는 느낌은 또 다르다. 젊은이들이 오가고 또 모이는 공간에서는 언제였느냐 싶게 늘 새로운 변화를 느끼게 된다. 느릿느릿 대학로 골목길을 걷다가 간단하게 요기를 채우고자 눈에 띄는 식당에 들어갔다. 문제는 여기서 발생했다.

식당 안에 들어가 자리를 잡고 앉았는데 어찌된 영문인지 주문을 받는 직원이 나타나지 않는다. 처음엔 바쁜가 보다 하고 생각했는데 그게 아니다. 식당 안을 둘러보아도 사람이 그리 많지 않다. 10여 분을 넘게 앉아 있다가 우리는 일어났다. 몹시 불쾌하다는 입장이 되었고 속에서는 '뭐 이런 집이 다 있어'라는 말이 올라와 목구멍에서 나올까 말까 한 상황이었다.

어찌된 일인가? 분명히 우리 뒤에 웃음소리를 내면서 들어온 여성 둘은 음식을 맛있게 먹고 있는 게 아닌가? 대체 이 무슨 일인지 황당하기 짝이 없었다. 우리는 잠시 서로의 얼굴을 바라보면서 대체 무엇이 잘못된 것인지 서로에게 묻는 표정을 지었다.

그때였다. 대학생으로 보이는 젊은 커플이 들어오더니 의자에 앉지 않고 입구 한 켠에 있는 자판기 같은 큰 물체 앞으로 가더니 서로 대화를 주고받으며 버튼을 누르고 신용카드를 대기도 한다. 그러고는 작은 번호표 같은 것을 뽑아서 주방 안에 있는 직원에게 내고는 테이블로 가서 앉는 게 아닌가? 바로 그거였다. 음식 메뉴 티켓 자판기.

그제서야 우리 부부는 자판기 앞으로 가서 서로 먹고 싶은 메뉴를 고르고 번호를 입력하고 신용카드로 계산을 한 후 음식 주문표를 손에 쥘 수 있었다. 물론 처음이니 버튼을 누르고 진행하다 실패하면 다시 처음부터 하기를 몇 차례. 그렇게 여러 번 시도를 거듭한 끝에서야 가능했다.

테이블에 가서 앉아 있자 5분도 안 되어서 우리가 주문한 음식이 나왔다. 남편과 나는 서로의 얼굴을 바라보면서 동시에 씁쓸한 웃음과 함께 긴장됐던 마음을 풀고 맛있게 음식을 비웠다.

그날 집으로 돌아오는 차 안에서 남편이 먼저 말했다.

"세상 돌아가는 것에 박자를 못 맞추면 이젠 내 돈 가지고 밥도 못 사먹게 생겼네. 변화의 속도가 빠르지만 어쩌겠어. 우리가 편하려면 스스로 맞춰가는 수밖에. 안 그래? 여보!"

문득 절이 싫으면 중이 떠나야 한다는 생각이 떠올랐다. 과학기술과 정보통신 기술의 발달로 변화하는 세상을 즐겁게 살아가려면 예전 생각에 머무르지 말고 스스로 변해야 하는 게 당연한 것이다.

"맞아요. 그동안은 그나마 딸들이 있어서 이런저런 바뀐 정보도 듣고 도움을 받았지만 다들 출가하면 도와줄 사람도 없을 텐데······. 우리가 시대 흐름에 맞게 박자를 맞춰가는 거 그게 맞아요."

나이듦을 두려워하지 않으련다

얼마 전 서점에 들렀다가 눈에 들어오는 책 표지가 있었다. '오지게 재밌게 나이듦'이다. 영화 '칠곡 가시나들'을 찍은 김재환 영화감독의 에세이다. 그가 영화를 찍으면서 만난 칠곡 할머니들의 일상을 엿보면서 품었던 것들이 바로 "이분들은 왜 이리 생기가 넘치고 즐거울까?"에 대한 궁금증이었는데, 바로 이 궁금증을 풀어가는 내용들이 담겨 있다. 그들의 팔팔한 에너지는 어디에서 나오는 것이고 나이 들어가는 비법은 무엇일까를 궁금했던 감독은 그들의 일상을 풍요롭게 채우고 있었던 것은 바로 '설렘'이었다고 말한다.

나에게는 과연 어떤 설렘이 있는 걸까? 칠곡의 어르신들에 비하면 50대 후반의 내 나이는 한참 어린애일 수도 있겠지만 곧 60세가 다가온다는 것을 전혀 생각하지 않고 산다면 그것은 거짓말이다. 나도 노년기 인생에 대한 고민을 하지 않을 수 없으니까. 그런데 사실 나는 몇 년 전만 해도 지금과는 달랐다. 나이듦 앞에서 설렘보다는 두려움 같은 게 있었다.

제 아무리 홍안의 소년소녀라고 하더라도 세월이 가면 티가 나게 되는 법이다. 시간이란 얼마나 잔혹하고 공평한지 모른다. 40대에만 해도 날쎄고 기민했던 몸은 50이 넘으면서부터는 확연하게 달라졌다. 이제 몸 구석구석이 마치 돌아가면서 자기를 점검해달라고 아우성이라도 치는 듯 한 곳이 불편해서 확인하고 넘어가면 기다렸다는 듯이 또 다른 곳에서 신호가 나타난다. 약으로부터 완전하게 자유로워질 수 없다는 것을 실감한다. 과거에는 나름의 자랑이었던 건강한 피부도 푸석푸석해졌다. 그러다 보니 나의 중장년기가 급속도로 지나가는 것이 무서웠다.

공자가 말했다. 지천명(知天命)이라고. 천명을 아는 나이인 50세가 지났으면 젊고 화려했던 과거를 웃으며 보내줄 수 있는 여유가 생겨야 하는 게 옳다. 세월이 사람을 만든다고 하던가. 50대 초반에 한동안 느꼈던 아쉬움이나 두려움은 점점 사라져갔다. 해가 거듭될수록 스스로 변하고 있는 나 자신을 느낀다. 예전에 비해 내려놓는 법을 알게 되고 욕심을 비우거나 때로는 고집하는 것보다는 포기하는 게 현명하다는 사실도 알게 됐다.

이제는 노년의 길을 향해 나이 먹어가는 지금이 마음에 든다. 여전히 하루하루를 활기차고 건강하게 살기 위해 공부와 운동을 하면서도 나이 먹는 것에 대한 공포는 줄어들었다. 내가 자기계발을 하는 것은 인생을 즐겁게 살기 위함이지 다시 젊어지고 또 젊은 날처럼 뭔가를 보여주고 드러내기 위해서가 아님을 자각한 지 오래다.

노인인지를 연구하는 연구자이자 UCLA의 심리학과 교수 앨런 카스텔은 그의 저서 '나이 듦의 이로움: 성공적인 노화 심리학'에서 노년기에 겪게 되는 행복, 기억, 지혜, 두뇌 훈련, 습관과 취미 등에 대한 다방면의 구체적인 문제들을 흥미로운 연구와 함께 쉽고 재미있고 생생하게 풀어냈다. 우리 사회에 만연된 노화에 관한 부정적이고 왜곡된 고정관념이나 견해를 객관적, 경험적 증거들을 통해 뒤집으며 '나이 듦의 이로움'을 조목조목 밝히고 있는 것이 인상적이다.

나는 칠곡의 어르신들처럼 자연을 닮은 소녀 같은 웃음소리를 내면서 살고 있다고는 감히 말하지 못한다. 아직도 현실의 문제나 과제 앞에서 고민하고 때로는 분노를 삭이느라 마음을 가다듬는 노력을 기울이기도 한다. 타인의 시선으로 볼 때는 지금의 나는 미소도 대화도 30, 40대 시절에 비해 훨씬 여유롭고 넉넉해 보인다고 말하지만 나 자신에게 좀 더 솔직해진다면 100% 그렇지만은 않은 것 같다. 지금 나는 내 마음속을 비우고 나를 내려놓기 위한 연습을 하고 있지만 그것은 여전히 현재진행형이다.

'라떼'(?)로부터
멀어지자

"엄마, 그건 아니죠?"

"맞아요. 그건 엄마 시대의 얘기죠. 시대가 달라졌는데, 개성은
각자의 몫인데 그걸 왜 엄마의 관점에서만 보세요."

"언니들 말이 맞아요. 엄마도 가끔씩 라-떼(나 때)를 강조하는
것 같은 면면이 있다니까요."

같은 영화나 드라마를 보더라도 패션을 비롯한 생활문화에 대한
관점이 세 딸들과 나는 적잖게 다르다는 것을 종종 발견한다. 아이
들은 이미 성인이다. 그러니 그들이 하는 말에는 그만한 이유와 타
당성이 있기 마련이다. 사실 딸들이 나와는 다른 자신들의 생각과

견해를 어필할 때 솔직히 즐겁게 받아들인다고 말하면 거짓말이다. 다만 얼굴 붉히지 않고 일단 그들의 말에 귀를 귀울여 보려고 노력한다. 그리고 '어, 나만 다른 거야', '내가 뭐 잘못 생각하고 있는 건가?'라고 스스로에게 묻는다.

사람은 서로의 생각과 판단력도 다르지만 무엇보다도 아이들과 나 사이에는 30여 년의 시간이 존재한다. 아무리 가족이라고 할지라도 이 간격을 좁히기란 그리 쉬운 일이 아니다. 그런데 딸들이 나와는 다른 생각과 견해 차이를 보이는 것들에 대해 곰곰이 생각해 보면 그들의 말이 맞다는 결정을 내릴 때가 적지 않다. 나의 관점과 판단이 그야말로 30여 년 전의 문화와 관습에 얽매어 있다는 것을 발견하기도 한다.

세대차이가 많이 나서 나이든 사람처럼 처신하는 이들을 두고 '나때는 말이야(Latte is horse)'라는 말이 유행어로 등장했다.

"나때는 저런 옷을 어떻게 입고 다녀."

"나때는 말이지 1년 선배에게도 깍듯하게 대했어."

"나때는 있잖아 시누이 말에 감히 어떻게 토를 달아."

'나때'는 '라떼'다. 과거 자신이 살아온 시대를 운운하며 지금의 아랫사람들의 현실과 비교하듯하는 이들에게 젊은 세대들은 '꼰대'라고 지칭한다. 그리고 '라떼'라는 말로 놀린다.

어느 사회든 세대차이란 존재한다. 과거에 비해 현대는 우리 삶 전 분야에 걸쳐 변화의 속도가 빠르다. 시시각각 변화하는 현실에서 과거와 현재를 비교하며 너는 너희들은 좋은 세상에 살고 있다는 식의 말을 하는 것은 꼰대, 즉 나이든 구시대 사람으로 취급받기 십상이다.

요즘들어 부쩍 딸들의 말을 더욱 더 귀담아 들어야겠다는 생각을 갖는다. 나는 지역활동가이자 자원봉사자다. 내가 나이를 들어가는 만큼 내가 속해 있는 단체나 모임에는 젊은 세대들이 한해 두해 늘어나기 마련인데 내가 그들과 함께 소통하고 활동하려면 세대차이 운운하는 꼰대로 남아서는 안 될 일이기 때문이다. 자칫 내가 변하지 않으면 나에게 어떤 어려움이 따를지도 모를 일이다. 나이든 나에게 젊은 그들이 맞춰주길, 또 나의 과거를 이해해 주길 바라는 것은 자칫 조직 내에서 모임에서 이방인 취급당하기를 자처하는 일이 될 수도 있다.

세상은 변했다. 앞으로 절대로 젊은 세대 앞에서 과거를 소환하는 일을 해서는 안 될 것 같다. 젊은 세대들의 문화를 이해하고 그들의 문화에 소리없이 스며들 때 나의 사회활동과 인간관계는 더욱 원만하게 이어질 것이다. 그러니 '라떼'(나 때)로부터 멀어지는 것은 반드시 필요한 일이다.

'인싸'로
살아 보련다

　100세 시대다. 요즘 베이비부머들의 은퇴와 함께 시니어의 인생 2막이 화두로 떠오르면서 관련된 전문가들이 매스컴에 나와 공통적으로 하는 말이 있다. 나이가 들어가더라도 노년기 인생과 사회활동에 있어서 아웃사이더가 되지 말고, 인사이더가 되어야 한다는 것이다. 얼굴과 옷만 젊어질 게 아니라, 적극적인 외부활동과 대인관계를 유지하면서 나이, 직업, 성별에 연연해하지 말고 활기찬 인생을 즐겨보라고 조언한다.

　'인싸'는 영어 '인사이더(insider)'의 줄임말로 반대말인 '아웃사이더'와는 다르게 무리에 잘 섞여 노는 사람들을 말한다. 각종 행사나 모임에 적극적으로 참여하면서 사람들과 잘 어울려 지내는 사람들이다. 주변에서 또는 젊은 층 지인들로부터 '인싸'라는 말을 들을 정도면, 노년 인생을 즐겁고 활기차게 자신이 원하는 인생을 펼치는 것이다.

언젠가 내가 참여하는 단체의 30대 후반의 회원 중 한 사람이 말했다.

"누가 그랬어요. 회장님이 광명의 대표적인 인싸 중 한 분이라던데요."

사실 나 자신도 놀라웠다. 나는 인싸가 되어보려는 특별한 노력을 기울여본 적도 없다. 다만 지역사회에서 다양한 활동을 하면서 많은 사람들과 어울리고 자원봉사에 적극적이었을 뿐이다. 욕이 아닌 칭찬이라 막상 듣고 나니 기분은 좋았다. 그날 나는 4년 전에 본 인상적이었던 영화 한 편에 대한 스토리를 들려주는 것으로 나의 입장과 생각을 대신 전했다.

서른 살로 열정과 패션 센스감각이 뛰어난 여성 CEO와 일흔 살의 남자 인터사원이 등장한다. 혹자는 참 어울리지 않는 조합이라고 말할 수도 있겠다. 창업 1년 반 만에 직원 220명의 성공신화를 만든 젊은 여성으로서는 세상 무서운 게 없을 터이고 칠십 인생을 산 시니어로서는 세상 이해 안 될 일도 없고 타협이 안 될 만큼 두려워할 상대도 없을 것이다. 영화 '인턴'의 두 주인공에 대한 짧은 스케치다.

앤 해서웨이가 주연한 여주인공 줄스는 실존인물을 모델로 한 캐릭터로 '실리콘밸리의 신데렐라'로 불리는 여성이다. 패션센스를 갖춘 것은 기본이고 업무를 위해 사무실에서도 끊임없는 체력 관리를 하고, 야근하는 직원들을 일일이 챙겨주고, 고객을 위해서라면 박스 포장까지 직접 하는 열정적인 30세 여성 CEO다. 수십 년 직장생활에서 쌓은 노하우와 나이만큼이나 다양하고 풍부한 인생 경험이 무기인 남자 주인공 벤은 70세에 젊은 줄스가 대표인 회사에 인턴으로 입사한다. 까탈스러운 줄스는 노인 인턴프로그램에 대한 거부감을 드러내며 벤에게 이렇다할 만한 일을 주지 않고 벤은 묵묵히 기다리던 상황에서 우연찮게 벤이 줄스의 운전기사를 하면서 두 사람은 가까워진다. 벤은 어른으로서 자신이 회사에서 할 일을 적극적으로 찾아서 챙기고 이런 그를 지켜보는 직원들로부터 인정받는 시니어 인턴이 된다. 물론 줄스도 벤의 진가를 알게 된다.

나는 이 스토리를 들려주면서 이 영화가 대박은 아닐지라도 20대부터 80대까지 우리 사회 다양한 연령과 계층의 사람들이 관람하길 은근히 기대했는데 그렇지 못한 것 같아 아쉬웠다는 말도 전했다. 나는 종종 친구들이나 50대 이상의 지인들을 만나면 한번쯤은 꼭 볼 만한 영화라고 소개를 하곤 한다. 이유는 분명하다. 적어도 이 영화는 시니어들이 노년 인생을 살아가는 과정에서 일을 할 때 어떤 자세로 또 누구와 함께 해야 하는지를 정확하게 알려주기 때문이다.

최근 들어 우리 사회에도 노인과 청년이 함께 하는 프로젝트들이 하나둘씩 생겨나고 있다. 하지만 시니어들은 일자리를 갈구하는 열정이 뜨거우면서도 선뜻 자신의 과거를 버리지 못해 임금 직책 역할 앞에서 포기하는 이들이 대다수다. '내가 저 월급에 저런 대우받으며 어떻게 저런 애숭이들과 일을 해'라는 입장이다. 자존심과 고정관념의 틀에서 벗어나지 못하기 때문이다. 젊은이들 또한 시니어들을 잔소리 많고 어깨에 힘주고 싶어 하는 소위 '꼰대'라는 이름으로 치부하며 함께 조직생활을 하는 것을 달가워하지 않는 것도 현실이다. 그렇다고 일하고 싶은 열정을 버려야 할까?

요즘은 어딜 가든 젊은이들 못지않게 세련된 패션 감각을 자랑하는 시니어들이 많다. 또 피부나 체력에서도 "저분 70대 맞아?"라는 말이 저절로 나올 만큼 엑티브 시니어들이 부지기수다. 100세시대가 현실로 다가왔다는 것을 입증이라도 하듯 체력과 외모관리를 잘 하면서, 그야말로 멋진 장년층, 노년층이 증가하고 있다. 자신의 외모를 잘 관리한다는 것은 아주 좋은 일이다. 이미 중년을 지나 장년이 된 나 또한 이런 분위기를 거부하기보다는 동조하는 편이다. 다만 바람이라면 패션이나 건강 못지않게 내면이나 대화 및 행동에서도 진정한 엑티브 시니어로서의 면모가 중요할 것 같다. 젊은이들로부터 '꼰대'라는 말을 듣지는 말아야 하니까.

풍부한 삶의 경험과 연륜에서 우러나오는 노하우와 지혜, 그리고 여유는 노년기 시니어들만이 갖는 아주 소중한 보물이다. 인싸로 활발하게 사회활동을 하면서 이 소중한 것들을 세상에 풀어놓으면, 나 자신에게 큰 만족감을 안겨줌은 물론이고 사회로의 건전하고 아름다운 환원도 될 수 있다고 믿는다.

꼭 실행해야 하는
버킷리스트는?

'나이는 숫자에 불과하다'

어떤 시작이나 도전을 하든 나이는 중요하지 않은 게 사실이다. 90세에 대학원생이 된 만학도, 93세에 워킹을 선보이는 시니어모델, 100세가 넘어 무대에 선 발레리나 등등. 나이를 무색케 하는 건강하고 열정적인 사람들이 한둘이 아니다. 하지만 그들에게는 열정 외에도 또 다른 한 가지 '건강'이 있다.

나이가 숫자에 불과하다는 것은 건강과 의욕, 그리고 열정이 함께 조화를 이룰 때 통하는 말이다. 모든 사람들이 나이를 잊고 살 수는 없다. '100세 시대'가 공공연한 화두가 됐지만 중요한 것은 건강을 유지하면서 하고 싶은 일을 하면서 100세를 맞이할 수 있을 때 진정한 100세 인생이 된다. 그러니 사실 누구나 마음 속으로는 '나이'라는 것을 인정하고 인식할 수밖에 없지 않을까 싶다.

한번 왔다 가는 인생이다. 내 나이도 어느새 50대의 종점에 가까워 가고 있다. 인생의 절반 이상을 훌쩍 넘겼다. 아무리 건강하게 심신을 잘 관리한다고 해도 앞으로 30년 후의 내 삶은 나 역시 장담할 수 없는 일이다. 99세에도 쿠키를 먹으면서 하루 네 시간씩은 꼭 그림을 그렸다는 어느 화가처럼 내 건강이 유지된다면 더할 나위 없이 좋겠지만 그것은 내 의지대로만 되는 일은 아니니까.

80대, 90대 어르신들 앞에서는 감히 나이 얘기조차 꺼낼 수도 없는 입장이지만 내 인생만을 놓고 볼 때 많은 생각이 교차되는 게 사실이다. 내가 하고 싶은 것, 내가 꼭 해야 되겠다고 마음먹은 것들은 나름 부지런을 떨고 용기를 내면서 하나둘씩 도전해 왔다고 생각한다. 그럼에도 불구하고 되돌아보면 아직도 못해 본 것들이 너무도 많다는 사실에 놀라곤 한다. 가정과 지역사회를 위한 목표를 정한 일에서는 나름대로 열정을 품고 달려왔다. 다른 이들의 눈에는 참 열심히 의욕적으로 인생을 펼쳐가는 모습으로 비춰지기도 하겠지만 정작 나 자신의 휴식이나 힐링을 위한 것들에는 소홀했던 게 아닌가 싶다.

나는 이 세상 보통 사람들 중 한 사람이다. 소소하고 확실한 행복을 위해 해보고 싶은 것들도 많은 게 사실이다. 친구들과 함께 예쁜 카페 찾아다니면서 커피도 즐기고 싶고 가끔씩은 혼자서 영화도 보고 싶었지만 그러질 못했다. 마음만 먹으면 기차 타고 두 시간 후에 도착할 수 있는 동해안의 겨울바닷가에도 가지 못했다.

언젠가 큰 딸이 물었다.

"엄마의 버킷리스트는 뭐야?"

"응? 하고 싶은 것은 많지?"

곧장 말하지 못하고 머뭇거릴 수밖에 없었다. 사실 머릿속에 너무 많은 것들이 숨어 있지만 그것들을 체계적으로 정리해서 언제 무엇을 할 것인지에 대해 구체적인 계획을 세워보지 못한 나를 발견한다.

이제는 나도 내가 나에게 주는 선물 같은 버킷리스트를 작성해야 할 것 같다. 겨울바다 가기, 혼자서 2박 3일 이상 여행 가기, 친한 친구들에게 제대로 한 턱 내기 같은 것들은 물론이고 스포츠를 좋아하는 만큼 번지점프 해보기, 패러글라이딩 해보기, 스페인 바로셀로나 축구 직접 관람하기도 해보고 싶은 것들이다. 음악에 약한 편이기에 음치 박치 탈출하기, 드럼 배우기도 도전하고 싶고 남편과 함께 이태리 여행을 가서 로마의 휴일 주인공처럼 데이트도 해보고 싶고 그곳에 간 김에 바티칸시티에 있는 베드로성당에서 교황 집전 미사 참례도 하면 좋을 것 같다. 그리고 지금 운영하고 있는 직업진로 체험공동체 전국 지부를 만들어 보다 많은 청소년들에게 사회로 내딛는 발걸음에 힘을 실어주고 오랜 전 다녀온 캄보디아 오지마을에 청소년문화의 공간도 만들고 싶다.

생각하면 할수록 실행으로 옮겨보고 싶은 버킷리스트는 30개,

100개로 늘어날 수도 있을 것 같다. 그만큼 다가오는 노년기 인생을 정말 후회없이 살아보고 싶은 마음은 간절하다. 이런 바람이 비단 나에게만 있겠는가. 하루하루를 열심히 살아가는 지구촌 사람들 모두가 저마다 하고 싶은 것, 이루고 싶은 일들이 부지기수다. 작은 일이지만 내가 꼭 해보고 싶은 것들을 오늘은 못했을지라도 내일은 반드시 하겠다거나 올해는 여건상 힘들지만 내년에는 꼭 하고 말겠다고 벼르는 이들도 많은 것이다.

누군가 말했다. 버킷리스트는 가능한 실행할 수 있는 것들로 만들되 설령 다 실행으로 옮기지 못하더라도 리스트 작성은 반드시 해야 한단다. 그래야만 리스트 중 일부라도 도전으로 이어갈 수 있을 것이라고. 나 또한 그 말에 100% 공감한다. 우리가 계획한 모든 것이 순서대로 톱니바퀴 물리며 돌아가듯이 척척 순조롭게 잘 진행된다면 더할 나위 없이 좋겠지만 우리의 삶이란 게 어디 내 뜻대로만 진행되던가. 나는 내가 계획한 일에서 70% 이상만 이루었다 할지라도 그것은 아주 좋은 성과이고 후회없는 일이라고 여겨왔고 앞으로도 그러할 것이다.

얼마 전 나는 실제로 버킷리스트를 작성했다. 향후 5년 이내에 꼭 도전하고 싶은 항목을 추려 보니 무려 20여 가지에 달한다. 가능한 한 큰 준비 없이도 곧장 현실적으로 실행 가능한 것들부터 하나씩 하나씩 해보기로 했다. 나 자신을 위한 행복을 실행으로 옮기는 것도 중요하다. 그런 가운데 몇몇 도전과제들은 나로 하여금 책임과

압박으로 다가오는 것도 있다. 바로 직업진로체험공동체 전국 지부 만들기와 캄보디아에 청소년문화공간 만들기가 그렇다. 세상 많은 이들과 함께 희망과 사랑, 그리고 나눔을 실천할 수 있는 일들이다 보니 나로 하여금 무게감을 느끼게 한다.

나는 늘 그랬다. 내가 해야겠다고 마음먹은 일들은 꼭 해야만 하고 또 할 수 있다는 자신감에 노력을 기울였다. 직업진로체험공동체와 나눔 활동은 어떤 어려움이 따르더라도 반드시 해야 하는 것들이다. 아마도 10년 후, 20년 후 갱신된 나의 버킷리스에도 이 활동들은 한층 달라진 모습으로 포함되어 있지 않을까?

비우고 또
비우리라

"나는 가난한 탁발승으로 가진 거라고는 물레와 밥그릇, 염소젖 한 깡통, 허름한 담요 여섯 장, 수건, 그리고 대단치 않은 평판 밖에 없다."

전 세계 사람들의 이목을 집중시킨 마하트마 간디가 남긴 유명한 말이다. 1931년 9월 그는 런던에서 열린 제2차 원탁회의에 참석하기 위해 가던 도중에 마르세유 세관원에게 이렇게 말했다.

'간디 어록'에 담긴 이 말을 접한 법정스님은 '나는 너무도 부끄럽다고 반성한다'는 수필을 썼고 그것이 바로 우리에게 잘 알려진 '무소유'다. 스님은 누구나 이 세상에서 사라질 때는 빈손으로 돌아가기 마련인데, 우리들은 무엇인가에 얽매여 주객이 전도된 삶을 살아간다고 했다. 간디도 법정스님도 전하는 메시지는 하나다. 그것은 다름 아닌 '비워라'다.

여행! 우리나라 사람들에게 여행은 이제 일상이 됐다. 코로나19로 인해 해외여행은 잠시 멈춰 있지만 일 못지않게 취미생활과 휴식을 찾는 사람들이 늘어나면서 여행 또한 힐링이자 소확행의 중요한 실행 테마가 되고 있다. 보고 느끼고 즐기고 그 가운데서 심신의 무게를 내려놓는 여행은 예나 지금이나 기다려지는 일이다.

벌써 15여 년이 훌쩍 지난 것 같다. 캄보디아로 떠났던 7박 8일의 가족여행은 특별한 여운을 남기는 동시에 나로 하여금 비움의 철학과 한결 가깝게 하는 계기가 되어 준 것 같다.

새로운 문화와 역사를 접하고 사람들을 만나는 여행은 어딜 가든 신선한 충격과 여운, 그리고 많은 생각을 하게 한다.

여행 중 우리는 분홍빛 사암과 붉은 라테라이트석을 사용하여 지은 반데이스레이사원을 보았고, 과거 중월전쟁 때 중국 편을 들었다가 추방된 중국계 베트남인들이 보트를 타고 떠돌다 정착해 사는 톤레삽호수의 수상촌도 찾아갔다. '세계 7대불가사의' 타이틀에 걸맞게 신비롭고 아름다운 캄보디아의 얼굴 '앙코르와트 사원'도 둘러보면서 경이로움에 취하기도 했다. 여러 사원들과 유명 관광명소들을 돌았지만 그때의 여행이 안겨준 가장 큰 울림은 마지막 넷째 날의 관광으로 '오지체험'이었다.

두 명이 탈 수 있는 쪽배를 나눠 타고 나무숲을 지나가는 과정은 두려움과 스릴을 동반한 험난한 코스였다. 말로는 표현하기 힘든 오묘한 감정과 불안을 경험하면서도 동시에 대자연에 대한 숙연함마저 갖게 되는 시간이었다. 눈이 호강하는 사이 쪽배는 나무에 부딪치기도 하고 때로는 엎어질 듯이 한쪽으로 기울어지기도 했다. 위험한 고비를 넘기면서 우리가 도착한 곳은 오지 마을이었다. 그곳에서도 우리의 마음을 잡아끌며 연민과 인간애 속으로 빠져들게 한 곳은 바로 작은 학교였다.

숲속의 동화 같은 기대를 안고 찾아간 것은 아니었다. 하지만 가슴이 아팠다. 우리가 준비해 간 빵, 연필, 노트, 과자 등을 나누어 주자 아이들은 서로 받으려고 몸싸움까지 벌였다. 그 무렵 초등학생이었던 우리 세 아이들은 그곳에서 마주한 아이들과의 짧은 만남이 아주 특별한 경험이 된 것 같다.

오지체험을 끝내고 현지인 가정을 방문하는 코스도 있었다. 집은 나무 기둥을 세워 땅 바닥과 위로 떨어져 있는 형태이고 부엌은 마당 옆 한 켠에 있었다. TV에서 본 어느 열대우림의 원시부족들의 생활을 떠올리게 할 만큼 열악하여 마음이 편치 않았다. 마을 단위로 공동으로 이용하는 식수펌프가 있어 그곳에서 물을 길어다 먹는다고 하니 안타까움은 더했졌다. 집에 자체 우물이 있다면 그래도 좀 형편이 괜찮은 집이라고 하니 말이다.

그날 점심을 먹고 난 후 오후 일정은 시장 구경이었다. 영화의 주인공처럼 우리는 툭툭이를 타고 '프샤쟈'라는 시장을 구경했다. 프랑스 식민지의 영향으로 그곳은 여전히 낮잠을 자는 문화가 있었다. 재래시장 같은 그곳은 나의 유년시절인 우리의 60년대에 머물러 있었다. 우리나라의 마트는 물론이고 전통시장에서도 좀처럼 찾아보기 힘든 흘러간 시절의 물건들로 가득했고 나로 하여금 70년대 한국 시골장터의 향수에 젖어들게 하기도 했다.

그날 일정을 마치고 돌아오면서 우리 가족은 작은 가족회의를 했다. 아이들과 의논한 끝에 갖고 있던 의류와 먹거리들을 각자 메고 있던 가방에서 꺼내 큰 봉지에 담았고 우리를 인솔했던 가이드에게 오전에 들렀던 오지마을 아이들에게 전해주라고 부탁했다. 단지 가지고 있던 짐 몇 가지를 비웠을 뿐인데 돌아오는 길은 몸이 아닌 마음이 한결 가벼워짐을 느꼈다.

여행에서 돌아오면서 나는 무엇을 얻기보다 무언가를 내려놓고 싶었다. 법정스님의 무소유 사상처럼 이제는 마음 비우는 연습을 하고 싶다는 생각에 잠겼다. 사람의 욕심은 끝이 없다고 한다. 삶이 허전하고 고독한 이유는 비우지 않고 계속 채우려고만 하기 때문이란다. 틀린 말이 아닌 것 같다. 얼마나 긴 시간이 걸릴지 몰라도 완전히 나를 비울 수 있을 때 진정한 자유를 얻을 수 있지 않을까.

긴 시간이 흘렀다. 나는 여전히 날마다 자꾸자꾸 나를 비워야 한다고 마음의 채찍질을 한다. '욕심을 비울수록 삶의 무게가 줄어들고 마음의 휴식을 얻을 수 있다'는 말처럼 내 안의 욕심을 비워야 한다는 것에 변함이 없다. 오늘도 나는 나에게 말한다.

"진정으로 평온하고 행복한 삶의 주인공이 되고 싶은가? 그렇다면 가장 좋은 길 빠른 길은 바로 비우고 또 비우는데 있단다. 그래 비우자. 또 비우자."

에필로그

담쟁이넝쿨 같은
세상을 기다리며

담쟁이넝쿨 혼자는 외로워
친구를 찾아다닌다

친구 찾아 사랑을 시작하면
총천연색 그림을 그려 놓는다

그러다 사랑에 빠지면
아낌없이 푸르른 세상을
통째로 안겨준다
무엇 하나 남김없이

– 자작시 '이런 사랑'

봄, 여름, 가을 계절에 상관없이 종종 길을 걷다가, 버스를 타고 가다가 내 시선을 멈추게 하는 것이 있다. 나무나 건물의 외벽을 타고 올라가는 반가운 녀석 바로 담쟁이넝쿨이다. 봄에 새순이 나오면서 여름 내내 가지를 뻗어 나간다. 6월이 지날 무렵 황록색 꽃이 잎겨드랑이에서 피어나고 가을이면 자주색으로 익는다. 잎은 점점 붉어간다.

마치 예술작품이라도 만들듯 나무든 건물이든 하트 모양 잎으로 덮어가면서 끈질기게 뻗어 나가는 녀석들은 그야말로 부럽기까지 하다. 담쟁이넝쿨을 바라보면서 아름다움과 경이로움을 느끼는 것은 비단 나만이 아닐 것이다. 모르긴 해도 많은 사람들이 애정 어린 시선으로 녀석들을 바라볼 것이 분명하다.

내가 담쟁이넝쿨을 마치 귀한 보물처럼 생각하는 데는 그럴 만한 이유가 있다. 단지 보기 좋아서가 아니다. 담쟁이넝쿨을 보면 내가 늘 갈망하는 것, 바로 아름다운 세상을 만들어가는 일을 떠올린다. 끈질기게 쉼 없이 뻗어 나가는 그 생명력처럼 나눔과 사랑도 더 넓게 넓게 가지를 쳐나가길 바라는 마음에서다. 가지가 갈라져 나오며 줄기의 덩굴손이 그 척박한 콘크리트 외벽을 거침없이 타고 올라가는 것을 보노라면 나로 하여금 많은 생각을 하게 하기도 한다.

자원봉사나 나눔 활동을 하다 보면 늘 즐거운 것만은 아니다. 때로는 예견치 못한 난감한 상황에 맞닥뜨리기도 하고 때로는 시간과 체력의 한계를 느끼기도 한다. 하지만 담쟁이넝쿨이 의지할 것이라고는 하나도 없는 밋밋한 콘크리트나 벽돌 위에 달싹 붙어서 기어이 위로 옆으로 이어가는 것을 보면, 그 의지와 인내를 본받는다. 다시 시작할 힘이 생기는 것이다. 녀석들을 보면 볼수록 더욱더 힘이 생기고 희망을 보게 된다.

사람은 만물의 영장이다. 담쟁이넝쿨처럼 우리가 봉사와 나눔의 가지를 갈래갈래 뻗어 나가다 보면 세상은 지역, 국가를 넘어 전 세계로 확산되기 마련이다. 물론 지금 곳곳에서 수많은 사람들이 어렵고 힘든 이웃들의 손을 잡아주면서 이웃 사랑을 퍼트리고 있다. 기업들도 '기업의 사회 환원'이라는 큰 뜻을 품고 지역사회는 물론이고 국경을 뛰어넘어서까지 기부와 나눔활동에 동참하고 있다. 다만 더 많이 더 넓게 그리고 쉼 없이 확산되길 바라는 마음이다.

담쟁이넝쿨의 꽃말이 '우정'이란다. 하트 모양의 잎을 마구 싹 틔우며 가지를 쳐나가기 때문에 그런 이름이 주어진 걸까? 우리 모두의 마음도 담쟁이넝쿨, 이 아름다운 녀석들처럼 우정으로 아름다운 세상을 수놓을 수 있기를 간절히 소망한다.

가을의 끝자락에서 저자 김영숙